新 潮 文 庫

ハ レ ル ヤ ！

重 松　清 著

新 潮 社 版

11461

目次

ハレルヤ！

第一章　キヨシローの啓示

1

ショットガン・ホーンズの話をしよう。

私の古い友だちだ。

サックスとブラスの五人組――高校の吹奏楽部で一緒だった連中が、卒業後もバンドを組んで、吹奏楽のアンサンブル大会に出場したり、ロックバンドの助《すけ》っ人《と》ホーンセクションとしてライブハウスを回ったりしていた。

一九八〇年代の前半だから、もう二十年以上も前のことになる。

あの頃ショットガン・ホーンズと同じステージに立ったバンドの中には、メジャーでデビューした奴《やつ》らもいたし、そこそこのヒット曲を出した奴らもいた。名前を出せば、ああ、あのバンドか、あの曲か、と思いだしてくれるひともいるかもしれない。

だが、ほとんどのバンドは、無名のアマチュアや飯の食えないプロのまま、消えた。

ショットガン・ホーンズもそうだった。活動期間は五年ほどだったが、結局、モノにはならなかった。当時の音源もメンバーの手元には残っていない。ライブやデモテープづくりで一緒に組んだバンドが演奏をテープに録音していたとしても、そのバンドを捜し出すほうが難しいだろう。みんな散り散りばらばらになってしまった。ショットガン・ホーンズのメンバーも、同じだ。

念のために、さっきインターネットで検索をかけてみたが、ショットガン・ホーンズの名前では一件もヒットしなかった。

検索で「見つからない」ことと「ない」こととは違う。だが、パソコンの画面に〈ショットガン・ホーンズに一致する情報は見つかりませんでした〉と出ると、彼らの存在そのものが打ち消されてしまったような気がする。かつてショットガン・ホーンズというホーンバンドが東京の片隅でひっそりと活動していた、という事実じたいが認められていないようにも思える。

悔しくて寂しい話だ。

ショットガン・ホーンズは、確かにいたのだ。

もちろん、バンドとしてはたいしたことはない。アマチュアというより素人《しろうと》と呼んだほうがいいかもしれない。日本のロック史やＲ＆Ｂ史に残るような存在ではないし、本職の吹奏楽でも、全日本アンサンブルコンテストでは結局ただの一度も全国大会へは進めなかった。

それでも、バンドの存在そのものがなかったことにされてしまうのは、やっぱり悔しくて、やっぱり寂しい話ではないか。

＊

質問をさせてほしい。

あなたはショットガン・ホーンズをご存じだろうか。

ショットガン・ホーンズという名前に、見覚えや聞き覚えのあるひとはいるだろうか。

五人を観《み》たことがあるひとは――？

五人の演奏を聴いたことがあるというひとは――？

誰も、いないのかな。

＊

そうだ、名前は思いだせなくても、あの頃都内のライブハウスに通い詰めていたひとなら、もしかしたら、彼らのステージ衣装を言えば思い当たるかもしれない。

五人はそろってブラックスーツを着ていた。

白いワイシャツに、細身のブラックタイ。

サングラスもかけていた。レイバンの黒いウェイファーラーだ。

さらに黒いソフト帽もかぶって、ステージの上では決して帽子もサングラスもとらなかった。

要するに——ブルース・ブラザーズである。

ジョン・ベルーシ演じるジェイクとダン・エイクロイド演じるエルウッドの映画『ブルース・ブラザース』がアメリカで公開されたのは、一九八〇年だった。日本の公開は翌年の三月の終わり。ショットガン・ホーンズのメンバーは高校を卒業したばかりだった。

吹奏楽部の新米OBとして現役の部員の練習を見てやったあと、五人そろって映画館に出かけた。

吹奏楽部のレパートリーにはスティービー・ワンダーの『愛するデューク』や、ヘンリー・マンシーニの『「ピーター・ガン」のテーマ』もあったが、ブルースやR&B、ソウルミュージックに特に興味があったわけではない。ジョン・ベルーシやダン・エイクロイドのことも知らなかったし、ジェームス・ブラウンやレイ・チャールズ、アレサ・フランクリンといった大御所のゲスト出演も、それがいかにすごいことか理解できていなかった。

たまたま、だったのだ。

たまたま五人とも時間があって、たまたま映画でも観に行こうかという話になって、たまたま『ブルース・ブラザース』を選んだ。

だからこそ――運命だった、と五人は言う。

二時間を超える長い映画を観終わった五人は、そのまま席に残って、もう一度最初から観た。翌日も観た。翌々日も観た。お年玉や卒業祝いのお金をはたき、親から来月の小遣いを前借りして、さらに次の日も映画館に向かった。レンタルレコード店で、映画のサントラ盤を借りた。カセットテープにダビングして、何度も何度も何度も何度も何度も、ウォークマンで聴いた。

レイ・チャールズを聴き、サム・クックを聴き、マディ・ウォーターズを聴き、ウィルソン・ピケットを聴き、サム&デイヴを聴き、アイク&ティナ・ターナーを聴いて、もちろんオーティス・レディングを聴いた。

聴くだけではなく、自分でも吹いてみた。

『ブルース・ブラザース』にはまった五人は、アルトサックスとテナーサックス、バリトンサックス、トロンボーンにトランペット――きれいに、パートごとに一人ずつだった。無駄がない。不足もない。ギターやベースやドラムスやピアノも欲しかったが、贅沢《ぜいたく》を言えばきりがないし、レコードに合わせてホーンのパートを吹いているだけでも楽しくてしかたなかった。

　バンドの名前も、ライトニン・ホプキンスの『ショットガン・ブルース』から取った。ショットガンで自分の頭を撃ち抜きたいほど疲れて落ち込んで、ろくでもない人生なんだ――という歌詞はひどいものだったが、語呂《ごろ》の良さと、木管でも金管でも吹奏楽器の形はなんとなく銃に似ているから、という理由で、その名前を選んだ。

＊

　どうだろう。

　誰か、あの五人のことを覚えていないか？　誰か、あの五人の演奏を聴いたことがないだろうか？

　何度も言っておくが、決してうまくはなかった。当時のアマチュアバンドにとってはホーンセクションを加えることじたいが贅沢だったので、テクニック云々《うんぬん》を問われるようなレベルではなかったのだ。

ソロのパートでは客席をはらはらさせて、アンサンブルの聴かせどころではどきどきさせた。スリリングなステージである。

その危なっかしさも含めて、というより、危なっかしいところが特に、私は好きだったのだが……まだあなたの記憶はよみがえってこないかな。

＊

思いだすためのヒントをもう一つ。とても大きなヒントだ。

サングラスとソフト帽のせいでわかりづらかったかもしれないが、サックス隊の三人は女の子だった。

どうせなら全員女の子のほうがよかったんじゃないか、と思うひとはいるだろう。じつを言うと私もそう思っていた。

女子大生五人組がブルース・ブラザーズのファッションでホーンバンドを組む――その光景を想像しただけで、おっ、と来るではないか。

ライブハウスでの人気も上がったはずだし、当時は女子大生がブームだったので、もしかしたら、話題性狙《ねら》いのイロものだとしても、プロになれたかもしれない。

それでも、五人には最初からそんな気はなかった。メンバーを切り捨てて上を目指す野心よりも、気の合った仲間と好きな音楽を演奏できる現状維持の楽しさのほうを選んでいた。

実際、ステージでの五人はほんとうに気持ちよさそうだった。どんなに客が少なくても、どんなに下手くそなロックバンドと組んでいても、どんなに狭いステージの、どんなにひどいＰＡでも……五人は楽しそうに、うれしそうに、幸せそうに演奏した。客席にもその幸せは伝わる。店が狭ければ狭いほど、客が少なければ少ないほど、幸せのお裾分《すそわ》けの取り分は増える。

だから、これは証言として聞いてほしいのだが、ショットガン・ホーンズのステージは、いつだって幸せに満ちていた。もしもブルース・ブラザーズの二人がライブハウスに来ていれば、きっとご機嫌になって、腰を振りながら踊り出していただろう。

私がいまからあなたに話すのは、そんな五人組の物語なのだ。

＊

ショットガン・ホーンズには野心はなかったが、夢はあった。

いつまでもこの仲間たちと音楽をつづけていたい——。

それがなによりも難しいことだとは知らずに夢見ていた。

若かったのだろう。

*

五人は大学を卒業してほどなく、ばらばらになった。

仕事の都合で遠い街に引っ越したメンバーもいたし、結婚をして子どもを産んだメンバーもいた。

結局、バンドを続けることはできなかった。バンドの中で常にクールな立ち位置にいたメンバーが、まるでソロパートで自分の最も得意なフレーズを吹くように「やめようぜ。俺、どっちにしても抜けるからな」と言って、解散のひきがねを引いた——ショットガンにふさわしく。

解散後のメンバーは、あっという間に疎遠になってしまった。意識して背中を向けたわけではなくても、とにかく皆、それぞれの人生に忙しかった。

ショットガン・ホーンズは、すべての弾丸を打ち尽くしてしまったのか、まだ弾倉に何発か残っているのか。それを考える余裕もなく、五人は別々のステージで、別々の曲を奏でていたのだ。

＊

そして、いま。

メンバーの一人がレイバンのウェイファーラーをひさしぶりにかけるところから、物語は始まる。

アルトサックスを吹いていたアカネだ。

季節は初夏――偉大なソウルマンが五十八歳の若さで天国へのツアーに出てしまった、二〇〇九年の五月。

＊

ショットガン・ホーンズの連中は、四十六歳になっていた。

2

地下鉄の駅から地上に出たら、まぶしさに目がくらんだ。

いい天気だ。

手をひさしのようにかざして陽射《ひざ》しをさえぎったアカネは、細めた目であたりを見回した。

ファンの焼香が始まるまでは一時間以上あったが、すでに斎場からの行列は駅のすぐ近くまで延びている。

二、三万人は集まるのではないか、と朝の情報番組では興奮気味に言っていた。この様子なら、さらに増えるかもしれない。

予想以上に若い連中が多い。そして、予想以上に、みんなラフな服装をしている。葬儀というより野外のコンサートに出かけるような——実際、これは主役のいないコンサートなのだろう。

キヨシローが死んだ。

偉大なソウルマンとのお別れのために、アカネは黒いワンピースを買った。喪服というより、ライブにはおろしたての服やお気に入りの服を着るのが、客としての礼儀だ。シュープリームス時代のダイアナ・ロスをイメージして、髪も巻いた。だが、若い連中の姿を見ていると、もうちょっと派手でもよかったな、と悔やんだ。

いや、実際、すべては大がかりなお芝居で、長い行列が進んで斎場に足を踏み入れると、きらびやかなステージが迎えてくれるのかもしれない。

やっぱりキヨシロー生きててさ、今日はスペシャルライブなんだってよ、という噂《うわさ》話《ばなし》が行列の前のほうから流れてきたら、信じるかもしれない。信じよう、とも思う。ステージの真ん中には、キヨシローがいるのだ。髪をツンツン立てて、派手で悪趣味なメイクをして、ピンクのスーツを着て、「愛しあってるかーい？」とシャウトするのだ。それはなんて素敵な光景なんだろう……と思うと、まぶたの裏が急に熱くなってきた。

あわててハンドバッグからウェイファーラーを取り出した。細かい傷がたくさんついた古いサングラスだ。ショットガン・ホーンズ時代にかけていた。ブラックスーツのサイズが合わなくなり、ソフト帽もブラックタイも処分してしまったアカネにとっては、ウェイファーラーは手元に残した唯一《ゆいいつ》の思い出の品だった。

ウェイファーラーをかけた。

風景がモノトーンになると、気持ちが落ち着く。色が消えただけで、世界のすべてが過去になるような気もする。

もうキヨシローもモノトーンの世界に入ってしまったんだろうか。

ふと思い、でも、あの派手な色づかいはどこにいても同じだよ、と思い直すと、自然と頬がゆるみ、またまぶたの裏がじんと熱くなってしまった。

＊

キヨシローが亡《な》くなってから、ちょうど一週間になる。

まだ実感がわかない。

ガンで療養中だというのは知っていたし、骨への転移が発表された時点で、生還を信じながらも、ある程度の覚悟はできていたつもりだった。それでも、やはり、曲がり角で不意打ちをくらったようなショックを味わった。テレビの生放送中にそのニュースを伝えた若いアナウンサーが「キヨシロー」を「セイシロー」と読み間違えたのも、別の意味でショックだった。

だが、なによりショックなのは、キヨシローが死んでしまって自分がこんなにショックを受けている、ということだった。

キヨシローのことは、もちろん、ＲＣサクセションの頃から好きだった。若い頃はコンサートにも行った。ＣＤは何枚も持っているし、ショットガン・ホーンズ時代には、ＲＣのコピーバンドと組んだこともある。

それでも、しょせんは赤の他人なのだ、身も蓋《ふた》もなく言ってしまえば。

十代や二十代の頃ならともかく、もう四十代の半ばを過ぎている。タフにもなったし、鈍感にもなったはずなのだ。こんなことでいちいち落ち込んでいたらきりがないし、個人的な知り合いでもないのに一人でアツく盛り上がられても、キヨシローには迷惑なだけだろう。

　理屈ではわかっていても、いてもたってもいられない。

「ひょっとしたら」と同い年の夫に言った。「キヨシローじゃなくてもよかったのかもしれない」

　若い頃にファンだったアーティストは何人もいる。「その中の誰が死んでも、やっぱりわたしは同じようにショックを受けると思うの」とつづけた。たまたまキヨシローが最初だった、というだけ——自分でもさすがにキヨシローに失礼だと思い、「ひどいこと言ってるのはわかってるんだけど」と前置きして、「いよいよ、わたしの人生もこれで後半戦に入っちゃうのかな、って」と苦笑した。

　キヨシローが亡くなったことは確かに悲しい。だが、それ以上に、キヨシローの死によって自分の人生の一つの時代が終わってしまったんだ、という感慨めいたもののほうが深い。

「大げさだけどね」とアカネはまた苦笑して、「でも」とつづけた。

「悪いけど、キヨシローの告別式、一般のファンも受け付けるっていうから、行かせてくれる?」

　RCの曲をたまにカラオケで歌うダンナは、「じゃあ、俺も行こうかな」と言った。この四月に大学に入ったばかりの一人息子のタカシも、キヨシローのことは名前しか知らなかったが、「何万人も集まるってすごいよね、俺もちょっと見てみたい」と言いだした。

　きっぱりと断った。

一人で行く。なにがなんでも一人で、自分なりにお洒落《しゃれ》をして、キヨシローにお別れを告げる。

　ダンナは少し考えてから「わかった」とうなずいた。特に愛妻家というわけではなくても、自宅で仕事をしていることもあって、アカネの様子は自然と目に入る。最近どうも元気がないな、とは感じていた。すぐに疲れた顔になるし、「面倒くさい」が口癖になっている。なにより、タカシが大学に入ったことで、気が抜けてしまったように見えてしかたないのだ。

　キヨシローにお別れをすることで、なにかの踏ん切りがついて元気になるのなら、行けばいい。

「ひさしぶりにサングラスかけちゃおうかな」

アカネがぽつりと言うと、ダンナは「いいじゃん」と、わざと子どもっぽい言い方をして笑った。

ダンナは大学の同級生だ。アカネがショットガン・ホーンズのライブに初めて招待した男子でもある。

それが——私だ。

3

斎場の木立ちに、音楽が響く。

祭壇の前でキヨシローの仲間たちが演奏をしているのだ。

外の行列に並んでいたアカネには演奏の様子を見ることはできなかったが、通りまで漏れてくる音を聴くだけでも、いい演奏だというのはわかった。

きちんとキヨシローのボーカルの場所を空けている。もちろん、そこがキヨシローの歌声で埋まることはないのだが、ぽかんとできた空白の部分の輪郭は確かにキヨシローの形をしていて、その空白には誰の楽器の音色も立ち入っていない気がする。

だからなのか、アカネのまわりにいたひとたちも静かに演奏を聴いていた。キヨシローの代わりに歌うのではなく、誰もキヨシローの代わりなんてつとめられないんだというのを嚙《か》みしめるように、みんなじっと押し黙り、ときどきハナをすすり上げて、行列はのろのろと進む。

　アカネは顔を上げた。空も雲も陽射しも、すべてがモノクロームに染まった世界に、キヨシローのいないキヨシローの歌が響き渡る。

　そのときだった。

　目に見えない稲妻が、空を切り裂いて落ちてきて、アカネの体を頭のてっぺんからつま先まで貫いた。

　ほんとうだ。本人が言うのだから間違いないし、本人にしかわからないのだから、その言葉を信じるしかない。

*

「要するに」

　アカネは言ったのだ。

「それが啓示だった、ってわけ」

＊

『ブルース・ブラザース』のジェイクとエルウッドは、ジェームス・ブラウンが牧師をつとめる教会で、「バンドを組むべし」というジーザス・タップダンシング・クライストの啓示を受ける。

アカネに啓示を与えたのは、神さまになりたての、ジーザス・キヨシロー・クライスト——本人が言うのだから間違いないし、信じるしかないし、たとえ間違っていても、信じられなくても、私と息子は受け容《い》れるしかない。

いや、私たちが受け容れようが拒もうが、すでにレコードはターンテーブルに載せられて、33⅓回転で回りはじめたのだ。

＊

「わたしだって悪いとは思ったのよ」

私と息子にではない。

キヨシローに対して、である。

＊

ごめんなさい――。

アカネはウェイファーラーの下で目を細めて、雲の切れ間から覗《のぞ》いた太陽をまっすぐに見つめた。

迷惑だと思うけど、ほんと、ごめんなさい――。

キヨシローは一方的な思いを押しつけられるのをなにより嫌っていた、はずだ。テレビの歌番組でも雑誌の取材でも、そういうときにはわざと辛辣《しんらつ》で毒のある言葉を吐くか、「はあ、まあ、そうっスね」とうつむいてぼそぼそと答え、手に持ったウクレレを所在なげに爪弾《つまび》くか、どっちにしても不機嫌そうになってしまう、はずだ……ということも、一方的にイメージを押しつけているだけなのかもしれない。

アカネはもう一度顔を上げて、これから何度となく言わなければならないはずの「ごめんなさい」をまとめて先払いするように、モノクロームの太陽に小さく会釈《えしゃく》をした。

＊

「なにを謝ったんだ？」

私が訊《き》くと、アカネは、いい質問だね、というふうに何度も小刻みにうなずいて、

「きっかけにしちゃったこと」と言った。

「きっかけ？」

「そう。わたしは、たぶん待ってたんだと思う。待ってたことに気づいてなかっただけで、ずーっと待ってたのよ」

「なにを？」

「世界のなにかが変われば、わたしも一緒に変われる、って」

確かに五月のあの日、世界は変わったのだ。

「キヨシローがいる世界」から「キヨシローがいない世界」へ――。

「でも、キヨシローはべつにわたしを変えるために死んだわけじゃないし、そもそも、わたしのために生きてたわけでもない。そうでしょ？」

「まあ……そうだよな」

「だから、わたしはキヨシローを利用するだけなの。謝るのは当然のことだと思わな

い？」

　うつむいてウクレレを爪弾くキヨシローが、まいっちゃうぜベイベー、と辟易《へきえき》したように苦笑する顔が、私のまぶたの裏に一瞬浮かんで、消えた。

＊

「あなたとタカシにも見せてあげたかったなあ」

　アカネはくすぐったそうに肩をすぼめて笑いながら言う。

「自分で言うのもナンだけど、すごくカッコよかったと思うんだよね」

　青山斎場で献花を終えて、地下鉄の乃木坂《のぎざか》駅に向かっているときの姿——。

　ウェイファーラーに陽射しがあたって、キラッと光っていた。

「はずだと思うの、こんなの想像だからね」

　黒いワンピースにちりばめられた黒いビーズも、キラキラと光る。

「どうせだったらラメ入りのやつにすればよかったなあ、って思ったのよ」

　颯爽《さっそう》と歩きだすと、巻いた髪が軽やかに揺れる。

「言わなくてもわかってると思うけど、バーン、キュッ、バーン、だからね」

　最初の「バーン」はバスト。真ん中の「キュッ」はウエスト。そして終わりの「バーン」はヒップ。現実のアカネの体型は「バーン」の三連発だから、これはもう想像というより願望と呼んだほうがいいだろう。

「歩きながら、自然と指を鳴らしてたの。足も、こう、こんなふうにステップを踏んでね、肩も揺れて……」

ウィルソン・ピケットの『イン・ザ・ミッドナイト・アワー』が頭の中で鳴り響いていた、という。ショットガン・ホーンズの十八番だった曲だ。

「これが『ブルース・ブラザース』だったら、行列にいる若いコたちも一緒に踊りだすところなんだけどね」

少し残念そうだったが、ご機嫌だった。アカネのこんな笑顔を見るのはひさしぶりでもあった。

乃木坂駅のすぐ手前で立ち止まり、最後の仕上げのように斎場を振り返って空を見上げ、ウェイファーラーをゆっくりとはずした。陽射しのまぶしさに目を細めながらも顔をそむけることなく、よし、とうなずいた。

「迷いなんてないわけ。揺るぎないわけよ、もう」

こんな感じでね、とアカネは私の前でも大きくうなずいた。確かに力強い。迷いもためらいも、照れくささもない。

アカネはうなずいたあとの自分の顔を指差して、「いい顔してると思わない?」と訊いた。

冗談めかした口調だったが、私は本気で「そうだな」と答えた。実際、こんなアカネの顔を見るのもひさしぶりのことだったのだ。

「キヨシローとのお別れに出かける前、自分の人生が後半戦に入った気がするって言ってたよね、わたし」

「ああ……」

「寂しそうだったよね」

「まあ……そうだな」

「ごめん、それ、間違ってた」

「どういうこと?」

「寂しくないよね、後半戦は。逆だよね。いまからどんどん盛り上がってくるわけよ。映画でも小説でもコンサートでも、後半のほうがつまらないものなんてありえないんだから」

自分を差していた指を私に向けて、「たまに例外もあるけど」と笑う。

私の職業は小説家だ。たいがいの作品の舞台はニュータウンのマンションのリビングルームで、主人公はしょぼくれたサラリーマンか、しょぼくれたサラリーマンになってしまいそうな男子中学生——地味で辛気くさい作家だと、よく悪口を言われている。羊頭狗肉《ようとうくにく》だとか、尻切《しりき》れトンボだとか、そういう批判も、本人がたまたま目にしていないだけで、きっとネットのあちこちに散らばっているのだろう。

まあ、それはいい。

私の話なんて、どうでも……よくはないが、いまは本題ではない。

「サッカーでも野球でも、一試合のうち半分しか観られないんだとしたら、あなた、前半戦と後半戦のどっちを観たい？」

私が答える前に「でしょ？」と決めつける。昔からせっかちな性格だ。

とにかく、人生の後半戦というのも決して捨てたものではないだろう、とアカネは思い直したのだ。

「前半戦と後半戦の間にはなにがあるんだと思う？」

「ハーフタイム」

「野球でも、五回の裏が終わったところでグラウンド整備をするんだよね」

「そうだな」

「で、それって、人生も同じだと思わない？」

ハーフタイムに休憩をとり、作戦を立て直し、必要ならばメンバーチェンジもして、後半戦に臨む。前半戦の戦いで荒れたグラウンドを均《なら》し、ラインを引き直して、後半の熱闘に備える。

人生も――。

アカネは、さらにふさわしい比喩《ひゆ》を思いついて、「そう、そうなの」と一人で納得顔になった。

「レコードをＡ面からＢ面にひっくり返す間が必要なの、人生にも」

この譬《たと》え話が通じるのは、私やアカネの世代がぎりぎりだろう。十八歳のタカシはきょとんとした顔をしていたが、アカネはかまわず、ウォークインクローゼットの奥からスーツケースを取り出した。

短い旅に出る。

それが、ジーザス・キヨシロー・クライストの啓示だった。

人生の後半戦を乗り切るために、いったんピッチからひきあげて、ハーフタイムを過ごす。

「悪いけど、そういうことだから」

アカネは旅支度の手を休めずに言って、私とタカシが途方に暮れてうなずいたのを確かめると、「イエーイ」とサムズアップで笑った。

4

冷静に考えてみれば、アカネが休憩をとりたくなった気持ちはわからないでもない。

四十六歳――。

「大きな仕事が二ついっぺんに終わっちゃったから」というのが、最近の口癖だった。そのあとにつづくのは「どーっと疲れが出た感じだね」だったり、「なにをしても気が抜けちゃって、力が入らないんだよね」だったり、「これから先、長いよねえ」だったり……と、気勢の上がらない言葉ばかりだった。

確かに、アカネは人間としてやらなければならない二つの大きな仕事を、どちらもまっとうした。

まず、三年前に父親をガンで亡くしたのにつづいて、去年の暮れには母親も看取《みと》った。父親の看病や介護には相当難儀をしたが、そのぶんの埋め合わせもあったのか、脳溢血《のういっけつ》で逝《い》った母親はほとんど苦しむこともなく、周囲の手をわずらわせることもなく、拍子抜けしてしまうほどあっさりと世を去った。

私の両親はふるさとの田舎町でまだ健在だが、ふるさとには弟や妹もいる。いくら長男の嫁だといっても、アカネが看病や介護を押しつけられるような事態にはならないだろう。

要するに、アカネは自分の上の世代をきちんと見送った。「娘」としての役目を終えたわけだ。

そして、この春、タカシが大学生になった。まだまだ親のスネをかじるつもりの甘ったれの一人息子とはいっても、子育てにとりあえずのケリがついたことになる。「母親」としての役目がすべて終わったとまでは言わなくても、大きなヤマは越えただろう。

「あとは？」

ときどき訊いてくる。

軽い冗談交じりの口調のときもあれば、自嘲《じちょう》するような苦笑交じりのときもあるし、まなじりを決して私をにらみつけながらのときも。

「ねえ、あとは、なにがあるの？」

年老いていく以外に——。

「わたしは、あと、なにをすればいいわけ？」

毎日をつつがなく過ごしていくことのほかに——。

「教えてよ」

最後に目が赤く潤《うる》んでしまうことも、ときどき、ある。

＊

仕事を持っていれば、四十六歳はまだ充分に現役だった。さすがに若手とは呼ばれなくても、枯れてしまうには早すぎる。

二十八歳でタカシを産むまで、アカネは高校の国語教師だった。当時は売れないフリーライターだった私にすれば、アカネがフルタイムの仕事を持っていることはとてもありがたかった。身勝手ではあっても感謝している。いまでも、それは、ずっと。

だが、タカシを産んだあと、アカネは仕事を辞めた。正確には、辞めざるをえなかった。子育てと仕事の両立は予想していた以上に大変だったし、私の原稿書きの仕事も少しずつ軌道に乗っていたために、こちらがアカネの代わりに子育てを引き受けるわけにもいかなかったのだ。

二人で長い時間をかけて話し合い、アカネも納得して辞表を出した。私のほうも申し訳なさを感じるよりも、アカネの給料がなくなったぶんも稼がなければ、というプレッシャーのほうが強かった。特に、私のメインの仕事が三十代半ばを過ぎて小説になってからは、一年一年があっという間に過ぎていった。迷っている暇も、悔やんでいる暇もなかった。

だが、その忙しさが一段落つくと、あらためて思うのだ。

ほんとうに、あそこでアカネが仕事を辞めなければならなかったのか？

もうちょっとだけがんばっていれば、なんとかなったんじゃないのか？

目先のことにとらわれすぎて、私たちは、とても大切なものを手放してしまったんじゃないのか……？

*

「悪いけど、借りていくね」

ワゴン車の運転席に座り、シートの位置やバックミラーの角度を調整しながら、アカネは言った。

「そんなに長くならないと思うから、だいじょうぶ、心配しないで」

いまからなにをどうするのか、なにがどうなれば満足して家路につくのか、まったくわからないままだった。

だが、アカネはきっぱりと言う。

「これがほんとにキヨシローの啓示だったら、けっこう早く終わると思う」

「なんで？」

「だってキヨシロー、飽きっぽいじゃない。何日もかけるようなことはしないと思う、絶対に」

「……なんだよ、それ」

アカネは車のキーを回し、エンジンをかけた。ちなみに言っておくと、アカネの運転はペーパードライバーより多少はまし、というレベルで、家族のドライブでは運転を私に任せきりだった。いまも見るからに緊張して、ハンドルを握る手から肘《ひじ》を経て、肩まで、ガチガチにこわばっている。

だからこそ、本気なんだな、と認めた。

「まあ、キヨシローの声にひたってるうちに、どうすればいいか見えてくるんじゃない？」

そう言ってカーステレオのスイッチを入れると、ｉＰｏｄからＦＭで飛ばした音楽が鳴った。RCサクセションのライブアルバム『ラプソディー』だった。一九七〇年代初頭にフォークバンドとしてデビューしたRCは、ヒットに恵まれず、長らく不遇の時期を過ごしていた。その沈黙を破って、RC再始動を決定づけたのが『ラプソディー』だった。一九八〇年リリース――アカネやショットガン・ホーンズのメンバーにとっては、実質的にキヨシローとの初めての出会いになったアルバムだ。

そして、それは、私にとっても――。

カーステレオのボリュームを少し上げて、アカネは言った。

「キヨシローが死んだら、あなたはもっとショックを受けると思ってた」

ライブの音に紛《まぎ》れながらも、確かに聞こえた。

聞こえたからこそ、知らん顔をした。

「いいなあ、オトナになってて」

皮肉のトゲが刺さったことにも、気づかないふりをした。

代わりに私は言った。

「小説にしていいかな」

「――え？　ごめん、聞こえなかった」

「ショットガン・ホーンズの再会の話、書いていいか？」

今度は耳に届いた。一瞬きょとんとしたアカネは、小首をかしげて苦笑した。

「すぐそうやって小説のネタにしちゃうんだから」

からかわれたのか、あきれられたのか、少なくとも「小説にするな」とは言われなかったんだから……と勝手に理屈の筋道を通した。

アカネは「じゃあね」と車を発進させた。車が通りに出て、見えなくなってからも、キヨシローの歌声はしばらく家の前に残っていた。

これから私が報告するのは、アカネの短い旅の記録である。

第二章　ビタースウィート・サンバ

1

外の風にあたりたい、と思った。平日の夕方——ご近所の目が気にならないと言えば嘘《うそ》になるが、家に引きこもってちょうど一週間、さすがに心身ともに鬱屈《うっくつ》してしまった。

「ちょっと出てくるか……」

つぶやいても、返事はない。わかっている。妻の香澄《かすみ》は仕事で、子どもたちはまだ学校から帰ってきていない。

香澄は週三日のパートタイムで勤めていた事務の仕事を、来月から五日に増やすことにしていた。ウィークデイは毎日出勤になる。もっとも、増えた二日ぶんがそっくりそのまま収入増につながるわけではない。そこまで世間は甘くない。勤務日を増やすにあたって、それまでの時給が週給になった。手取り額は増えても、時給に換算すると百円近く下がってしまった。

「まあ、家にいたって一円にもならないんだから、しょうがないよね」

寂しそうに笑う香澄に、なにも言ってやれなかった。雇い主に腹を立ててもむなしいだけだし、へたに慰めや励ましの言葉を口にすると、今度はこっちが落ち込んでしまう。

足元を見られた。時給に換算した率よりも、とにかく手取りの額が増えることがなにより必要な、わが家の窮状を見透かされた。ねばって食い下がれば切られる。職をなくしてしまったら元も子もない。アルバイトに毛の生えた程度の香澄の収入を頼りにしなければ、家計がいつまで持つかわからない。わが家はもう、そこまで追い詰められている。

携帯電話と小銭入れだけを持ち、サンダルをつっかけて玄関を出た。

マンションの十二階。西向きの廊下は夕陽が正面から照りつけて、ひどくまぶしい。カメラがハレーションを起こしたように白く抜けた視界に、ニュータウンの町並みが広がる。

築五年の中古マンションを六年前に買った。ローンはあと十四年残っている。定年退職するときにローンを完済する計画だったが、もはやそれは崩れ去ってしまった。

あっけないものだ。定年を待たず――まだ四十六歳の若さで職を失ってしまう羽目になるなど、六年前には夢にも思っていなかった。

ハクブンの会社は、もともと旧財閥系だった。グループの中では傍流だったので決して派手な存在ではないが、経営が揺らぐ心配はなかった。バブル景気が始まっていた。就職は空前の売り手市場になりつつあった。だからこそ、より冒険のできる会社を選んだ仲間もいたが、ハクブンはためらいなく安定を取った。

ところが、バブルがはじけ、財閥の屋台骨が大きく揺らいだ。一九九〇年代を通してグループはめまぐるしく再編を繰り返し、そのたびに状況が悪くなっていき、ハクブンの会社は五年前――つまり住宅ローンを背負った翌年、トカゲの尻尾《しっぽ》のように切り捨てられてしまった。現場にとっては青天の霹靂《へきれき》だったが、目端の利《き》く連中はいちはやく動いていた。ハクブンは逃げ遅れてしまった。安定を選んで就職先を決めた男は、やはり、乱世を生き抜くにはお人好《ひとよ》しでのんきすぎたのだろう。

業務提携という形でビジネスの主導権を失った会社は、さらにかぎりなく吸収に近い合併で数十年の伝統を誇っていた社名も変えられてしまった。コワモテの辣腕《らつわん》で知られる合併相手の会社は、おっとりした社風に大なたをふるった。最初はベテランが、次いで中堅が、次々にリストラされた。そして、昨年のリーマン・ショック――加速というより、暴走するリストラの濁流は、やるべきことをきちんとやってきたはずのハクブンをも「受け身でありすぎる」という理由で呑《の》み込んでしまったのだ。

人生にはなにが起こるかわからない。

夢にも思わず起こってしまったものは悪いことばかりだし、こうなってくればいい、と夢に思っていたものは、たいがい叶《かな》わない。

よけいな期待はしないほうがいい。万が一の事態に備えて、なにごともきちんと心配しておいたほうがいい。

それが四十六年の体験で得た、自分なりの人生訓——。

違うだろ、とハクブンは苦笑した。

マンションのエレベーターは、防犯のためなのか、壁に姿見サイズの鏡がはめ込まれている。昇るときも降りるときも、その鏡に映る自分の顔を所在なげに見つめるのが癖だった。

いまも、そう。

しょぼくれた顔をしている。

違うよなあ、ぜんぜん違うんだよなあ……。

首をかしげると、鏡の中のハクブンも首をかしげる。

なにがどう違うのかは、うまく言えない。どこのなにと比べて違うのかも、よくわからない。

ただ、「違う」だけが胸の真ん中に浮いて、ふわふわと頼りなげに漂っている。

ほんと、違うんだ、違うんだよ、とにかく……。

ため息をついて、両手をすっと顔の前に上げた。

左手はコップを持つような格好で、親指と残り四本の指とで輪をつくる。右手のほうはその上にかぶせるような格好になる。右手の人差し指、中指、薬指を軽く折り曲げて浮かせ、そのままの姿勢で、鏡をちらりと見た。

鏡の中のハクブンも同じ――ではなかった。

鏡の中のハクブンが手に持っているのは、黄金色《こがねいろ》に輝くトランペットだった。左手の親指と薬指はトリガーに掛かり、右手の三本の指はピストンに載っている。

息を大きく吸い込んだ。腹にグッと力を込めた。頬をふくらませないように気をつけて、唇を震わせながら息を吐く。

右手の指を動かすと、メロディーが響き渡る。ハーブ・アルパートの『ビタースウィート・サンバ』。

体を軽く左右に振って、足でリズムをとる。歯切れ良く。軽快に。そう、こんな感じ。下顎《したあご》の角度に気をつけて。こうだ、こう。唇を跳ねさせるように。スタッカートのときは、トランペットは打楽器だ。よし、いいぞ、これだ、このタイミング……。

エレベーターは四階で停まった。幼い女の子を連れた母親が乗り込んでくる。

ハクブンは両手を下ろし、扉に半分背中を向けて、天井に目をやった。

平日の夕方、普段着に無精髭《ぶしょうひげ》、サンダル履きの中年男、ほかに誰もいないエレベーター……悪い条件はすべてそろっている。

あんのじょう、若い母親はハクブンをちらりと見ただけで警戒心をあらわにして、立つ位置を少しずらして子どもを腰の後ろに隠した。

天井を見上げたままのハクブンにも気配でわかる。ため息を呑み込み、だらんと下げた右手の人差し指と中指と薬指をそっと動かした。だが、この手つきも意外と怪しげに見えてしまうのだろうか、と思うと、指は三本とも中途半端《はんぱ》な角度に折れたまま止まってしまう。

鏡の中のハクブンは――まだトランペットを吹いている。『ビタースウィート・サンバ』の最初の八小節を、何度も何度も繰り返して、ずっと。

＊

ショットガン・ホーンズのトランペッターは、中山《なかやま》博文という。

下の名前は、ほんとうは「ヒロフミ」と読むのだが、高校時代の吹奏楽部仲間がふざけて音読みをしたら、いつのまにかそれがすっかり定着して、大学生や社会人になってからの友人まで「ハクブン」と呼ぶようになって、いまに至る。

ハーブ・アルパートの作品というより『オールナイトニッポン』のオープニングナンバー——と紹介したほうがわかりやすい『ビタースウィート・サンバ』は、高校時代からのお気に入り、仲間たちに言わせるとハクブンのテーマソングのようなものだった。

高校に入学するまでトランペットにさわったこともなかったハクブンが、息の吹き込み方を覚え、指の動かし方を覚えて、最初にたどたどしいフレーズらしきものを吹いてみた。それが、『ビタースウィート・サンバ』の最初の八小節だったのだ。

楽譜などなかった。毎晩ラジオで聴いているメロディーを、こうかな、こんな感じかな、次の音はなんだっけ、と音を探しながら吹いた。メロディーラインを把握してからも、指やブレスがなかなか追いつかない。45回転のシングルレコードを、間違えてＬＰレコードの33⅓回転でかけてしまったようなものだ。

誰かの前で吹いてみて、「これって『オールナイトニッポン』のアレだよね？」となんとか言われるようになるまで、一週間かかった。

決して器用なほうではない。

だからこそ、『ビタースウィート・サンバ』は、ハクブンにとって特別な一曲になったのだ。

＊

ショットガン・ホーンズの五人の中でいちばんの毒舌家は、アルトサックスのアカネだった。

そのアカネいわく――「女の子にモテない男子って、初恋の子の面影をすごーく大事にするじゃない？　それと同じなのよ、ハクブンも」

＊

『ビタースウィート・サンバ』は、ショットガン・ホーンズの正式なレパートリーの中には入っていなかった。インストゥルメンタルの曲なので、ボーカルのいるロックバンドのバックを務めるときにも演奏する機会はなかった。

だが、ハクブンはステージでしょっちゅう『ビタースウィート・サンバ』を吹いた。

「演奏」という身がまえたものではなく、ＭＣの合間やバンドがチューニングをしているときに、鼻歌を口ずさむように、最初の八小節だけを一人で吹くのだ。

　そうすると、客席が盛り上がる。ライブハウスでもホールでも、ニュータウンの駅前の遊歩道でさえ、必ず「おおーっ」という歓声と拍手が返ってくる。

　あれはなんだったんだろう。

　ハクブンはいまでも、ときどき思う。

　ラジオの深夜放送を聴くことが若者の楽しみだった時代――「若者」という言葉じたいがまだ死語ではなかった時代ならではの、「知ってるぞ、この曲」という、ささやかな連帯の歓声と拍手だったのだろうか。

　悪い気分ではなかった。べつに自分のプレイが褒められたというわけではなくても、どうだ、と胸を張りたくなる。ほんのさわりの八小節を吹き終えてマウスピースから口を離すと、いつも自然と笑顔になっていたものだった。

　あの頃の、あの感じ。

　これ、これ、こんなふうにさ、と伝えたいのに伝えられない。

　ここ、ここ、ほら、ここにさ、と手を伸ばせば届きそうなのに、どうしても届かない。

トランペットは、ショットガン・ホーンズの解散以来、一度も吹いていない。二十年以上のブランクということになる。さすがに捨ててしまうのはためらわれて、押し入れの奥にしまってあるが、ケースから取り出しても音はもう出ないだろうし、ケースから出すことじたい、きっと、ないだろう。

だが、指はまだ、覚えている。ほかのレパートリーはたいがい忘れてしまっても、『ビタースウィート・サンバ』のあの八小節だけは、記憶をたどらなくても指が勝手に動く。トランペットを手にして最初に覚えた曲が、最後まで覚えている曲になった。

それって、幸せなことなのかな、寂しいことなのかな。

ときどき、答えはわからないまま、というより、見つけようとするわけでもなく、ぼんやりと思う。

＊

「ハクブンってね、変わってるのよ」

アカネは苦笑交じりに言う。

「あのひと、『ビタースウィート・サンバ』のことがあんなに好きなのに、最後までコピーしてないの」

一曲まるごとは吹けない。

ライブの会場で客が盛り上がっても、九小節目から先は、ない。

「スタンダードなんだから、楽譜はそんなに苦労しなくても手に入るはずだし、耳コピでなんとかなると思うのに、しないの」

理由は——あらたまって訊かれると、ハクブンは困ってしまう。

九小節目から先は決して覚えまいとしていたわけではない。そこまで変わり者ではないつもりだ、自分でも。

ただ、最後までしっかり覚えようとは思わなかっただけのことだ。

「なんで？」と訊《き》かれても、やはり困ってしまう。

「なんでだろうなあ……」

自分でも首をかしげ、苦笑いを浮かべて話をいなすしかない。

＊

「ふつうは中途半端なところで終わったままだと、嫌だと思うんだよね。でも、ハクブンはそういうところ、全然こだわらないっていうか、とりあえずおなじみのフレーズが吹けるんだからいいじゃん、って……向上心に欠けてるっていうか、のんきっていうか、不真面目《ふまじめ》なわけじゃないんだけど、なんていうか……」

アカネは少し考えあぐねたが、「あ、そうだ、結局ね、こういうことだと思うの」と、ぴったりくる言葉を見つけだした。

「ハクブンは、現状維持のひとなの」

2

最初は駅に行こうと思っていた。ゆっくり歩いても三十分もあれば往復できる。ショッピングセンターに寄って少し時間をつぶして、一時間。気分転換の散歩としてはそんなものだろう。

だが、マンションのエントランスを出たところで気が変わった。

マンションの前の通りを右に向かえば、駅——先週まで、毎日その道を歩いていた。今週もそうだと思っていたし、来週からも、もちろん、それが繰り返されるのだと、信じて……いや、信じるとか疑うとかのレベルですらなく、あたりまえのこととして受けとめていた。

五月だ。駅前の遊歩道の桜並木は花が散ったが、植え込みのサツキがそろそろ咲き誇る。それが終わるとアジサイ。出勤のときに早起きのセミの声が聞こえるようになると、季節は夏だ。残業した帰り道に、どこからともなく虫の声が聞こえてくれば、もう秋。イチョウの葉が色づき、遊歩道に黄色いじゅうたんが敷き詰められて、丘陵地を吹きわたる北風が電線をひゅうひゅう鳴らすようになったら、冬。そして、また桜のつぼみがふくらんで、春が訪れる。

　六年間の毎日は、そんな風景とともにあった。通い慣れた道だ。通勤の足早な歩調なら約十分。短すぎず長すぎずの適度な距離だと、いつも思う。駅までバス利用も可ということであれば、もっと安いマンションもあったのだが、徒歩圏内の物件にこだわって正解だった——先週までは。

いまは違う。ローンの支払いのことがずしんと肩にのしかかっている。もともと、ハクブンの給料からすると、少し背伸び気味のローンを組んでいた。香澄がパートに出ているのもそのためだ。貯《たくわ》えも、頭金の支払いでだいぶ切り崩してしまった。

　駅に向かって歩いていると、今後の心配事が次から次へと湧《わ》いて出て、気分転換どころか、かえって落ち込んでしまいそうな気がする。駅前の人混みは不審者に思われないためには好都合でも、逆に、さっきの若い母親のようなぶしつけな態度を何人ものひとにぶつけられてしまうと、ほんとうに立ち直れなくなってしまうかもしれない。

そんなわけで、ハクブンはマンションの前の通りを左に進んだ。

歩きだして二、三分もすると、知らない街にいるような気分になった。平日はマンションと駅を往復するだけだった。通い慣れた道にしても、平日の昼間の様子はなにも知らない。休日は車でどこかに出かけることが多かった。ショッピングセンターも、家電量販店も、ガソリンスタンドも、子どもたちの通う学校も、高速道路のインターチェンジも、要するに「どこかに行こうか」というときの「どこか」は、すべて駅の方角にあったので、駅とは反対側を歩いたことはほとんどなかったのだ。

角をいくつも、思いつくままに曲がった。意外と楽しい。サンダルではなくスニーカーを履いてくればよかった。

発見がたくさんある。郵便局がこんなところにあるとは知らなかった。これなら駅前の本局に出向くより近いかもしれない。居心地のよさそうな小さな公園も見つけたし、リサイクルショップも見つけた。狭い店に商品がぎっしり並んでいる。リサイクルショップを覗《のぞ》くのは嫌いではない。今度の日曜日にでもゆっくり来てみるか、と思った。キンモクセイを庭に植えた家の前を通り過ぎるときは、秋になったらきっといい香りがするだろうな、と楽しみになった。先のことを思って浮き立った気分になるのはひさしぶりだ。

だが、それも長くはつづかない。

ああそうか、リサイクルショップに行くのは日曜日でなくてもいいのか、と気づいた。いまの自分には「日曜日」や「平日」という区分けはないんだ、と思い知らされた。

キンモクセイだってそうじゃないか、今年の秋のことなんて、いまはもう、なにもわからないじゃないか……。

思わずうつむいてしまった。

足が急に重くなった。

そろそろ帰るか、と立ち止まり、踵《きびす》を返しかけた、そのとき——。

ぷわん。

間の抜けた、懐《なつ》かしい音が聞こえた。

ぷわん、ぷわん、ぱっぱ、ぱーん。

トランペットの音が、遠くから、かすかに聞こえてきたのだ。

どっちだ、どっちの方角だ、と耳をすましていたら、また鳴った。「演奏」と呼べるようなものではない。音合わせ——というより、むしろ、とりあえず吹いて音を出してみた、という感じだった。

また鳴る。かすれた音だった。また鳴る。今度は音が揺れる。さらにまた鳴る。音がひっくり返った。

ハクブンは首をかしげて、音のする方角に見当をつけて歩きだした。

3

角をいくつか曲がると、家並みの間に学校の校舎が見えてきた。高校だろうか。長男の良樹《よしき》が通う中学校も、次男の和樹《かずき》の小学校も、方向は逆——駅の側にある。

ぷわん、とトランペットの音がまた聞こえた。その響き具合で、あの学校で誰か吹いてるんだな、とわかった。校舎の外だ。わかる。思いだした。音が校舎や体育館や渡り廊下にはね返ると、こんなふうに微妙なエコーがかかるのだ。

歩きながら何度も校舎の位置を確認して、学校に少しずつ近づいていった。トランペットは、ときどき思いだしたように鳴る。

そうとう、へただ。演奏というレベルにはほど遠い。音を出しているだけ。しかも、その音すら、かすれたり、揺れたり、途切れたり、甲高く裏返りそうになったりと、ほとんどまともに出ていない。

マウスピースの使い方がよくわかっていないのだろう。それ以前に、息の吹き込み方もよくない、というより、でたらめ。

初心者だな、と見当をつけた。ランクをつけるなら、いちばん下——ほんの数日前にトランペットを初めて手にした、といったあたりかもしれない。

なるほどな、とハクブンはうなずいた。なにが「なるほど」なのか自分でもよくわからなかったが、二度三度とうなずくと、頬が自然とゆるんだ。

昔の自分を思いだす。高校に入るまでトランペットなどさわったこともなかった。とりたてて音楽に興味があったわけでもない。中学時代はサックスが木管楽器ということも知らず、知ったあとも「金属製の木管楽器ってなんなんだ？」と首をかしげ、ついでに「サックス」という言葉を聞くたびにエッチなことを想像していた。そんなハクブンが高校で吹奏楽部に入ったのは、よく言えば運命の導き、率直に言うなら、たまたま、だった。

入学して間もない頃、廊下を歩いていたら吹奏楽部の先輩たちに取り囲まれた。

キミの体つきはブラスバンドに向いている――。

キミのくちびるの形や厚さは、まさにトランペットを吹くために生まれてきたようなものだ――。

吹奏楽をやっていれば肺活量が増えて胸板が厚くなり、背筋も伸びるから、カッコよくなる――。

めちゃくちゃな理屈で勧誘された。

ふつうなら断る。もしも取り囲んだのがコワモテの男子部員だったら、確実に断っていただろう。だが、ハクブンを誘ったのは女子の先輩たちだった。見ず知らずのおねーさんたちにいきなり取り囲まれて、こっちが返事をする間もなく、まくしたてるように勧誘されたのだ。ヨイショされて、「お願い、助けると思って入って」と懇願されて、上目づかいのおねだりポーズとともに「体験入部だけでいいから」「ううん、見学だけでもいいから一回来て」と言われると……断れなかった。

その場で入部届にサインをすると、取り囲んでいた先輩たちはサッと離れ、「じゃあね、今日の放課後よろしくね」とだけ言って、廊下を歩く別の一年生を見つけて駆け寄っていった。ひどい話だ。いや、むしろ間抜けな話なのだろう。これなら、ガラの悪い男子の先輩に殴られたすえに入部したほうが、まだましだったかもしれない。

とにかく、初心者だったのだ。ズブの素人《しろうと》だったのだ。そんな自分がトランペットに出会い、呼吸法から覚えていって、たどたどしい指使いで『ビタースウィート・サンバ』を初めて吹いてみて……。

ぷわん、とトランペットが鳴る。

「ぷ」の半濁点が○ではなく◎になったような、くぐもった音だ。

そうそう、そうだった、俺も最初はそんな音しか出せなかったんだ。いまは五月。わかる。四月に入学して、吹奏楽部に入部して、楽器のパートをトランペットに決めて、先輩に見立ててもらって安物のマウスピースを買って、腹に手をあてながら呼吸法の特訓をして、部の備品のトランペットを貸してもらって、やっと実際に音を出しながらの練習が始まる。五月とはそういう時期だ。

ぷわん、ぷわん、ぷわん。

短く三連発――「わ」にも「ん」にも濁点がついてしまった。

へただな、こいつ。思わず苦笑して、まあ、あの頃の俺も似たようなものか、と首をひねりながら、信号のない交差点を渡った。

校舎は見えているのに、なかなかたどり着けない。自然と気がせいて足早になる。トランペットを吹いている高校生に会ってみたい、というわけではなかった。音を聴くだけでなく近くで見てみたい、と思っているわけでもない。なのに、足が学校に向く。期待なのか、不安なのか、胸が少しずつドキドキしてくる。

校舎はまだ建物の上のほうしか見えない。体育館も、いまはカマボコ形の屋根が見え隠れしているだけだった。

ウチの学校と似てるな、と思う。学校のたたずまいというのは、どこも同じようなものなのかもしれない。だから、初めて見るはずなのに懐かしい。卒業して三十年近くたつ母校の記憶が、じわじわと胸の奥から染《し》み出してくる。

ショットガン・ホーンズの仲間とも、高校で出会ったのだ。大学はばらばらだったし、浪人や留年した仲間もいたが、ショットガン・ホーンズとして同じステージに立つときは、大学や学年の違いを意識することはほとんどなかった。高校四年生、高校五年生、高校六年生……結局、高校九年生まで付き合った計算になる。

いまは高校三十一年生――。

冗談のつもりで計算したのに、意外と、ずしりと重かった。うわっと大げさに肩をすくめ、「たまんないなあ……」と、わざと声に出してつぶやいた。背中にのしかかるなにかから、とっさに身をかわしたような気分だった。

ぷわん、とトランペットが鳴る。今度はぜんぶの音がかすれていた。息が足りない。指の押さえ方も不十分だ。

あの頃の俺よりもへたかもな、と笑って、さらに足を速めた矢先——ポケットの中で携帯電話が鳴った。

画面には、電話帳に登録していない携帯電話の番号が表示されていた。訝《いぶか》しさとともに、もしかしたら再就職の誘いかもしれない、という思いが頭の隅をよぎった。理不尽な経緯で会社を追われたことを知った同業他社が、あるいはヘッドハンティングの会社が、「あなたほどの人材を放っておく手はないでしょう」とアプローチしてきた……のかもしれない。

足を止め、咳払《せきばら》いで喉《のど》の調子を整えてから電話に出た。

「もしもし、ハクブン？」

女性の声だった。

あだ名で呼ばれた。

再就職の目はそれで消え、入れ代わりに新たな訝しさが胸に湧いてきた。ハクブンを「ハクブン」と呼ぶのは親しい仲間だけで、そんな連中の電話番号は携帯電話に登録済みのはずだ。ということは、電話をかけてきたのは、かつて親しかった仲間なのだろうか。

「ハクブン、聞こえてる？　石野《いしの》です……っていうか、旧姓、川村《かわむら》……覚えてる？」

「アカネ？」

「そう！」

「うそ！」

思わず大きな声をあげると、「しりとりじゃないんだから、ひっくり返してどーすんの」と笑われた。

「……ひさしぶりだな」

たったいま、あの頃のことを思いだしてたんだ、と言いたかったが、やめた。いい歳《とし》をしてシラフのときに昔の思い出にひたっているというのは、さすがに気恥ずかしい。

だが、アカネはすでに、もっと知られたくなかったことも知っていた。

「会社、辞めたんだって？」

返す言葉に詰まるハクブンに、追い打ちをかけるように、もう一言――。

「辞めたっていうか、辞めさせられたんでしょ？」

「……なんで知ってるんだ」

それが答えになってしまった。

誘導尋問にひっかかった。

「やだ、ほんとにクビになっちゃったの？」

アカネも最初は驚いていたものの、ため息を一つ挟んで、「なんかそんな気がしたんだよね……」と納得したように言った。

さっき会社に電話をかけたら、先週付けで退職した、と告げられた。電話に出た元同僚は詳しい経緯は話さなかったが、アカネはすぐにピンと来たのだという。

「ハクブンが自分から会社を辞めるなんて思えないもん。転職とか起業とか、それだけはぜーったいにないと思ってたから。ってことは、クビしか考えられないじゃない」

ぜーったいに、とまで言われると、さすがに少しムッとする。

だが、アカネはつづけて、きっぱりとした口調で言い切ったのだ。

「だって、ハクブンって現状維持が大好きだったじゃない、昔から」

なにも言い返せなかった。

＊

携帯電話の番号は、元同僚から聞いた。あらためて会社に電話をかけ直したアカネが、転職コンサルタントになりすまして「再就職のことで中山さんに至急連絡を取りたいのですが」と言うと、住所まであっさり教えてくれたらしい。

「ハクブンって、けっこう若い子に人気あったんだね。みんな心配してたよ、ハクブンのこれからのこと」

言葉半分に聞き流すつもりだったが、アカネは「ほんとだってば、ほんと」とつづけた。

「クビになったとまでは誰も言わなかったんだけど、なんとなく、奥歯に物が挟まったような言い方で、とにかく中山課長はいいひとですから、再就職が決まること祈ってます、とか……陰ながら応援してます、とか……よっぽどいろいろあったんだね、辞めさせられるまでに」

いまさら励まされたり慰められたりしても状況が変わるわけではない。それでも、同僚はわかってくれているんだと思うと気持ちが多少なりとも軽くなり、軽くなったぶん張り詰めていたものが揺らいで、まぶたの裏がじわっと熱くなってしまった。

バカ、しっかりしろ、と弱気になった自分を叱り、歩きだしながら、アカネに言った。

「俺の仕事のことはどうでもいいけど、どうしたんだ？　なにか用があって電話したんだろ？」

「うん、ちょっとね……一泊か二泊の弾丸ツアー中」

アカネはキヨシローが死んでからのことを手短に伝えた。「キヨシローから啓示を受けたの」には噴き出しかけたハクブンだったが、話を聞いているうちに、なんとなくわかるな、という気になってきた。

『ブルース・ブラザース』の話になると、ハクブンの頭にも名場面の数々が浮かんでくる。ただし、いちばんくっきりと記憶に残っているのは、歌や演奏の場面ではなく、ジェイクとエルウッドがカーチェイスでショッピングモールをめちゃくちゃに破壊するところだった。

そういうのが音楽からすっかり離れたという証《あかし》なのかな。ふと思い、少し寂しくなった。ドタバタの場面が浮かぶのは、やはりストレスが溜《た》まっているということなのだろうか。そんなふうにも思うと、さらに寂しくなってしまった。

どっちにしても——。

「わかるよ、その気持ち」

ハクブンは言った。

「でしょ？」とアカネも言う。

「人生の後半戦がもうすぐ始まるんだな……」

「そう。ハクブンなんか、否応《いやおう》なしに前半終了のホイッスルを鳴らされたわけなんだから」

まったくそのとおりだ。それも、ずいぶんアンフェアな審判によって。

「ハクブンの前半はどうだった？　リードしてる？　されてる？」

「終了間際《まぎわ》にＰＫで一点取られた感じだな。しかも、ディフェンスの要《かなめ》が一発退場をくらった」

自分では皮肉の利いたうまい言い方をしたと思っていたが、アカネが訊きたいことは別にあった。

「で、ハクブンは前半にシュート何本打ったの？」

少し考えて、「ゼロかな」と認めると、アカネも最初からそう思っていたのだろう、

「ハクブンは引き分け狙《ねら》いっぽいもんね。守りを固めて現状維持」と言った。

そうかもしれない。

「でも、一点ビハインドだったら、後半は攻めていくしかないよね」

そうだと思う、確かに。

うなずいて角を曲がると、通りの先はフェンスで行き止まりになっていた。その向こうは、高校の敷地内――ちょうど体育館の裏だった。

ぷわん、とトランペットが鳴った。音がいっぺんに近くなった。まるで、ここだよ、ここ、と自分の居場所を伝えるように。

ハクブンは足を速め、「いま、どこにいるんだ？」とアカネに訊いた。

「駅前のロータリー」

「駅前って？」

「翠《みどり》ケ丘《おか》」

この街に来ている。ハクブンがいつも使っている駅だ。

「車で来てるの。いまカーナビで確かめたんだけど、五、六分で行けちゃうね、ハクブンのマンション。駅まで出てくる？　それとも、わたしのほうから遊びに行こうか？」

やれやれ、と苦笑した。昔とちっとも変わらない。相手の都合も考えずに一方的にものごとを進めて、事後承諾――そういう性格だった。

「カーナビで調べてくれよ。ウチのマンションの西のほうに高校がないかな」

「高校？　ちょっと待って……」

すぐに見つかった。翠高校という名前だった。

「体育館の裏まで来てくれよ」

「はあ？」

「いま、そこにいるんだ」

答えるのとフェンスに着くのが同時だった。そして、ワンテンポ遅れて、トランペットを吹いている生徒を見つけた。

制服のブレザーがぶかぶかの、小柄な少年だった。

4

よお、と声をかけた。

少年はハクブンに気づくと怪訝《けげん》そうにトランペットを口から離し、小さく会釈《えしゃく》をした。体が小柄なだけでなく、顔立ちも幼い。制服の新しさから見ても、おそらく一年生――先月入学したばかりなのだろう。

「ブラバンか？」

フェンスの網目に指をかけて訊いた。さっきからへたくそなトランペットの音を聴いていたせいで、初対面なのに妙に懐かしい。

黙ってうなずいた少年は、ハクブンがつづけて「練習、大変だな」と言うと、びくっと肩をすくめて、今度は身を縮めるようにうつむいてしまった。そのしぐさに、はは一ん、と来た。ハクブンにも覚えがある。いまの少年と同じ頃、要するに高校に入学して、ブラスバンド部に入って、トランペットの練習を始めたばかりの頃は、誰かから声をかけられるたびに、恥ずかしさとも申し訳なさともつかない思いに包まれて顔を上げられなくなっていたものだった。

「だいじょうぶだよ、べつに文句を言いに来たわけじゃないから」

ほんとだぞ、ほんと、と念を押すと、ようやく少年の肩から力が抜けた。わかる。ハクブンの高校時代もそうだった。ブラスバンド部の練習は、関係ないひとたちにとっては迷惑きわまりない。ましてや初心者の出す音は「音楽」以前の「騒音」である。校舎の外で個人練習をしているときは、近所のひとや別のクラブの先輩から「うるさい！」と怒鳴られるのが怖くて、いつもびくびくしていた。かといって、おそるおそる息を吹き込んでいては練習の意味がない。トランペットもサックスもトロンボーンも、要するに息を音に変える吹奏楽器というやつは、まったくもって不器用な楽器なのだ。

「一年生……だよな」

少年はまたうなずいた。「トランペット、始めたばかりだろ」と訊くと、さらにまたうなずく。べつにハクブンを拒んでいるようには見えないが、さっきから一言もしゃべっていない。

高校一年生の男子は、そういうものなのかな。まだ母親にべったりの良樹の三年後を思い浮かべても、ピンと来ない。ひっくり返して、自分の三十年前——もうちょっと愛想は良かったような気がするけどな、と苦笑した。

「マウスピース、どんなのを使ってるんだ？」

少年の表情が変わった。驚いて、戸惑って、そして微妙なうれしさもにじんだ顔になった。わかるわかる、とハクブンはつづけた。

「７Ｃあたりか？」

数字はカップの直径で、アルファベットは深さ。７Ｃはどちらも普通サイズで、初心者はたいがいこのマウスピースを勧められる。

少年はまたもや黙ってうなずいた。あいかわらず言葉は発しない。それでも、さっきとは違う、力の入ったうなずき方になった。

「俺も昔、トランペットやってたんだ」

ハクブンを見つめるまなざしにも熱がこもる。

「深さはCでいいと思うけど、もし吹きづらかったら、もっと細いのにしてみたらいいんじゃないか？　8とか9、思いきって11あたりまでいけば、音はへなちょこになるけど、息が楽になるから。そこから少しずつ直径を上げていけばいいんだ」

少年はうなずく。ハクブンをじっと見つめる。

「もうちょっと近くに来いよ」

手招くと、素直に歩きだした。フェンスの高さは二メートルほどある。若い頃ならハクブンもフェンスをよじ登って越えているところだったが、いまは——社会人としての良識というより、単純に体力の問題として、自重した。

少年とフェンスを隔てて向き合った。手に持ったトランペットの本体はかなり古びていて、錆《さび》こそないものの、細かな傷だらけだった。おそらく本体はブラスバンド部の備品で、とりあえずマウスピースだけ自分のものを買ったのだろう。わかる。ハクブンもそうだった。とにかく音を出すところから始めて、少しずつ、少しずつ、トランペットの面白さがわかってきて、「だいじょうぶか？　途中で飽きたり嫌になったりしないか？　ほんとうにずっとやっていけるか？」と何度も自問自答したすえに、夏休みに自分のトランペットを買った。そのときの高ぶった気持ちと、「だいじょうぶか？　ほんとうに後悔しないか？」となおも残る不安とが入り交じった思いを、この少年もいずれ味わうのだろう。

　だからこそ、その前に——。

「アンブシュア、見せてくれよ」

　ハクブンが言うと、少年は困惑交じりにトランペットを鳴らすときの口の形を見せた。

　予想どおりだった。口を閉じて、横に引いている。いわゆる「口にチャックをした」状態だった。とにかく息が漏れないように、とだけ考えていると、自然とこういう形になってしまう。だが、それはかえって逆効果なのだ。

「吹いてると疲れるだろ」

　少年はうなずいた。

「で、意外と息漏れもしちゃうんだ」

　なんでわかるんですか、という顔になった少年に、自分の口元を指差しながらつづけた。

「いいか、基本は上下で閉じること。横に広げる必要なんてないんだ。で、そのときに、くちびるを巻き込むような感じで……なんていうか、ほら、ゴリラの物真似《ものまね》で鼻の下を伸ばすだろ、意外とアレがコツなんだ。あと、そうだな、きみはまだそんなに髭《ひげ》が濃くないけど、鼻の下の髭を剃《そ》るときとか、下くちびるのすぐ下の髭を剃るときとか、自然とくちびるを巻き込んでるはずだから」

こうだよ、こう、こんな感じ、よく見てろ……。

キュッとくちびるを巻き込みながら口を閉じると、少年はちょっと驚き、あわてた様子になった。

ハクブンのみごとなアンブシュアに圧倒された——わけではなかった。

少年のまなざしは、ハクブンの脇《わき》をすり抜けていた。

それに気づいたハクブンがとっさに振り向くと、ひさしぶりに会う仲間がそこにいた。

二十三年ぶり。バンドが解散して以来会う機会のなかったアルトサックス奏者は、四十六歳のいい歳をして、抜き足差し足で、口の前で指を立てて少年に口止めしながら、ハクブンに近づいてくるところだった。

＊

「や、どーも」

アカネはコントの警官みたいな手つきで敬礼をした。

「あ、どーも、です……」

会釈をするハクブンのしぐさも、コントのいじめられっ子のようにおどおどしてしまった。

電話で話したときにはブランクを感じさせずにしゃべっていたが、さすがに面と向かって会うと照れくさい。

先にペースを取り戻したのは、アカネ――「なんで振り向いたのよ」とハクブンを軽くにらみ、「せっかくびっくりさせてあげようと思ってたのに」と口をとがらせる。

「車は？」

「交差点の先のほうに停めてある。行き止まりの道に入り込んじゃうと、バックとか切り返しとか、あんまり自信ないから」

わかるでしょ、と目配せされて、わかるわかる、と苦笑してうなずいた。それでやっとハクブンの緊張もほぐれた。ショットガン・ホーンズはメンバー全員が運転免許を持っていたが、楽器を積んで遠出をするときには決してアカネにハンドルを握らせないというのが不文律だった。

「で……この子、息子さんなの？」

　アカネは少年に目を移して訊いた。早とちりも、昔から変わらない。

「違う違う、さっき初めて会ったんだ。散歩してたらトランペットの音が聞こえてきたから、それで、ちょっと声をかけて……」

　アカネとハクブンの視線を受けた少年は、居心地悪そうにうつむいてしまった。

「ブラバン？」とアカネが訊くと、黙ってうなずく――というより、うつむく角度をさらに深くして、うなだれる格好になってしまった。

「ビギナーで、いま特訓中なんだ」

　ハクブンが代わりに答えて、「な？　そうだよな？」と声をかけても、肩をすぼめ、首を縮めるだけだった。

「ね、せっかくだからおばさんにも聞かせてよ。吹いてみて」

　うつむいたまま、かぶりを振る。「そんなの恥ずかしいよなあ」とハクブンが執りなすように笑っても、顔を上げようとしない。極端に無口で人見知り――走って逃げだせばいいのに、それすらできないほどおとなしい性格なのか。

アカネは鼻白んで、まあいいけど、と少年からハクブンに向き直った。

「ね、今日これから時間ある？」

訊いておきながら、ハクブンが答える前に「なくても、なんとかなるよね、どうせ仕事もアレなんだし」と決めつける。その強引さとせっかちなところは、学生時代とまったく変わらない。「リストラ」や「失業中」という言葉を直接つかわなかっただけでも、オトナになったのだろうか。

実際、時間はある。売るほどあって、買い手がまだつかない。

「みんなに会いに行こうよ」

「みんなって？」

「決まってるじゃない」

アカネはサックスを吹くポーズを取って、指をパラパラッと動かした。ワンフレーズぶんの間をおいて幻のサックスから口を離し、胸を張って、「ショットガン・ホーンズ」と笑う。

そのしぐさが視界の端をよぎったのか、少年が、顔を上げた。初めてアカネと目が合った。

アカネもそれに気づくと、よし、と含み笑いになって、また幻のサックスをかまえ、自分の顔を指差した。

「アルトサックス、アカネ」

その指をハクブンに向ける。

「トランペット、ハクブン」

ハクブンはアカネの目配せを受け、早くやんなさいよ、と顎《あご》でも指図されて、ぎごちなく幻のトランペットをかまえた。

「おじさんとおばさん、バンドやってたの。五人の中の二人で、うーんと昔の、若い頃の、ほとんど忘れかけてた友だち」

アカネとハクブンを見る少年のまなざしから、やっとこわばりが解けた。極度の緊張から少しだけでも解放された様子だった。

そこに、体育館のほうからフルートを手にした女子生徒が姿を見せた。ひとを探しているような歩き方で、きょろきょろとあたりを見回していた。「ね、誰か来たよ」とアカネが少年に言うのと同時に、女子生徒のほうもフェンスを挟んで向き合っている三人に気づいた。

「ジュンちゃん！」

叫んで、全力疾走でこっちに向かってくる。手に持ったフルートが、一瞬、ピンチに駆けつける正義の味方の持つ魔法の剣やスティックのように——実際、それは決して言葉の綾《あや》ではなかった。

少年は高木淳《たかぎじゅん》という。女子生徒は三《み》上《かみ》優華《ゆうか》。同じ団地に住む幼なじみで、この四月に同じ高校に入学して、一緒にブラスバンド部に入った。ただし、ズブの素人の淳とは違い、優華のほうは中学時代からブラスバンド部だった。

そんな自己紹介をてきぱきと終えた優華は、「あー、びっくりした」と、本気で安《あん》堵《ど》したように笑った。「近所のおじさんとおばさんに文句言われてるかと一瞬思っちゃって……すみません」

やはり、いまどきの世の中、どこの学校でもブラスバンド部の騒音問題には頭を悩ませているのだろう。

優華はアカネとハクブンに改めて頭を下げて謝ると、今度は心配そうに淳に訊いた。

「平気？　だいじょうぶ？」

淳は黙って、微妙なためらいや迷いを残しつつ、うなずいた。優華はそれを見抜いて「ちょっとキツい？」と訊き方を変えた。「詰まっちゃってる？」

すると、淳は申し訳なさそうに小さくうなずいて、「少し……」と細い声で言った。

「さっきより全然いいけど」

「楽になってる？」

「……なんとなく」

「ま、でも、ほら、深呼吸」

優華はお手本を示すようにみぞおちに手を当てて、息を大きく吸って、ゆっくり吐いた。淳もそれに倣《なら》う。何度か繰り返しているうちに、淳の表情は確かに和らいできた。フリーズドライの味《み》噌《そ》汁《しる》にお湯をかけるように、深呼吸で息を送り込むことで、胸の奥でカチカチに固まっていたものがほぐれていく感じだった。

優華も淳の顔を覗き込んで、だいじょうぶだね、と指でＯＫマークをつくる。同級生なのに優華のほうがお姉さんに見える。幼い頃からずっとこういう関係なんだろうな、というのが傍目にもわかる、ごく自然なやり取りだった。

「すみません、ジュンちゃん、プレッシャーに思いっきり弱いんです」

特訓中はいつもびくびくしている。ご近所の苦情はもちろん、体育館で練習している他の運動部員から「うるせえぞ」と文句を言われないか、不安でしかたないのだ。そんなところにハクブンがいきなり声をかけてきたものだから、息が詰まって、声が出せなくなってしまった。ハクブンが苦情を言いに来たのではなく、なおかつトランペット経験者だと知って、少し気が楽になりかけたら、今度は元気のよさそうなおばさんまでやって来て……。

優華が説明している間も、淳は深呼吸を繰り返す。だいぶ表情に生気が戻ってきた。胸のつかえがとれるというのは、こういうことなのかもしれない。

アカネは、なるほどね、とうなずいて言った。

「ごめんね、プレッシャーかけたつもりなんて全然なくて、おじさんもおばさんも懐かしくて声をかけただけだから」

淳はかぶりを振った。そのしぐさや表情も、確かにさっきとは違う。さっきはひたすら殻に逃げ込んで閉じこもってしまう感じだったが、いまは、ここから会話がつながっていく予感が——。

「あの……二人に質問していいですか？」

確信に変わった。

むしろ隣の優華のほうが驚いた顔になる。

「なんでも訊いて」

アカネは大きくうなずき、「トランペットのことなら、こっち」とハクブンを指差し、自分を差して「勉強のことなら、こっち」と笑う。

淳も笑い返した。はにかんで、遠慮がちで、いかにも気弱そうな頬のゆるみ方だったが、それは間違いなく笑顔だった。

「……トランペットのこと」

あら、とアカネはずっこける真似をして、淳の正面をハクブンに譲った。

「でも、ハクブンに訊くんだったら、テクニックよりもステージングのほうが参考になるかもね」

「ステージング？」

「要するにパフォーマンス、振り付けというかアクションというか、マーチングなんかで、トランペットをバトントワリングみたいに回したりするのって見たことない？」

「……あります」

「それが得意だったの、このひと」

宙空に放り投げて受け止めたり、フレーズを吹くたびにクルッと一回転させたり……。

ショットガン・ホーンズのキメのポーズもハクブンが考えた。トランペットをクルクルッと回してからスチャッと小脇に抱え、客席に向かって身がまえる。音の出口のベルをショットガンの銃口に見立てて、オーディエンスを狙い撃つのだ。

「でも、実際に吹くと下手だから、知らないひとはみんなひっくり返っちゃうんだけど」

　オチをつけて淳と優華を笑わせ、ハクブンを落ち込ませたアカネは、「じゃあ、わたしは優華ちゃんにフルートのこと教えてもらおうかな」と言って、優華に目配せした。あっちで話そうよ、とフェンス沿いに歩きだすと、優華も察しよくついてきた。

フェンスを隔てて並んで歩き、話し声が淳の耳には届かない距離になったのを確かめると、アカネは優華に訊いた。

「淳くん、いじめはだいじょうぶなの？」

直球勝負の質問に、優華も正面から答えた。

「けっこうありました」

　おとなしくて緊張に弱い淳は、小学生の頃からよくいじめられていた。自殺や不登校に追い込まれてしまうほど悪質なものではなかったが、本人としてはツラい思いを何度もしてきた。たとえいじめがなくなったとしても、緊張して息が詰まり、声が出ない状態というのは、ほんとうにしんどい。

中学生の頃は、カウンセリングを受けたり、心療内科を受診したり、ボイストレーナーの教室に通って発声を基礎から学んだりした。それでも、なかなか効果があがらない。横隔膜の可動域を広げるという怪しげな矯正コルセットを胸につけて、寝違えたように筋を傷めてしまったことまである。

優華とともに第一志望の高校に入学しても、新生活への期待よりも不安のほうが強い。

そんな淳に、思いがけない出会いが待っていた。入学式の数日後、吹奏楽部が昼休みの体育館で開いた新入生歓迎コンサートで、生まれて初めてブラスバンドの生演奏を聴いたのだ。

もともと音楽には興味がなかった。高校野球の応援に憧《あこが》れて受験前から吹奏楽部に入るのを決めていた優華に誘われて、しかたなく付き合っただけだ。

演奏したのは『宇宙戦艦ヤマト』や『コンバット・マーチ』『アルセナール』といった定番のナンバーが数曲だった。ただし、淳はその曲に惹《ひ》かれたわけではない。

「音なんです。息を吹き込んで楽器を鳴らす音に、ショックを受けたみたいで……」

吹奏楽は、名前どおり吹いて奏でる音楽――いわば、息でつくる音楽だった。

知識としては、もちろん以前からわかっていた。だが、頬をふくらませたり、すぼめたり、顔を真っ赤にしたり、全身を反らしたりして楽器を鳴らしているのを実際に目《ま》の当たりにすると、その迫力に圧倒された。

「いつものジュンちゃんだったら、こういうときって、なにもできなくなっちゃうんです。圧倒されて、感動しても、自分には無理無理無理無理、絶対にできないから……って感じで」

ところが、そのときは違った。

コンサートが終わって体育館から教室にひきあげるとき、淳は「オレもブラバンやってみる」と言いだしたのだ。

しかも、打楽器ではなく、管楽器——息で鳴らす楽器をやりたい。曲を奏でるというより、それ以前に、楽器に思いっきり息を吹き込んでみたい。

「ジュンちゃんとは幼稚園の頃からの付き合いなんですけど、自分からなにかをやりたいって言いだすのって、ほんと、初めてで……だから、もう、びっくりしちゃって……」

優華の言葉をアカネは引き取って、「びっくりして、うれしかった？」といたずらっぽく訊いた。

優華は照れくさそうに、けれどしっかりした口調で「はい」とうなずいた。

いいね、とアカネはサムズアップで応える。

もしも高校の同級生だったら、絶対にこの子とは友だちになれる、と確信した。

淳の両親も驚いた。けれど、優華とは違って、うれしさよりも戸惑い、さらには不安のほうが強かった。

「楽器って『やりたい』と『できる』の差って大きいじゃないですか」

「……だね」

ましてや、淳の場合は自分の得意なことを伸ばす「やりたい」ではなく、正反対の、いちばん苦手なことを克服する「やりたい」なのだ。

「うまく楽器が吹けるようになればサイコーだけど、全然できないことだってあるわけだし、可能性としてはそっちのほうが高いわけで……せっかく張り切ってたのに、うまくいかなくて挫《ざ》折《せつ》したら、かえって逆効果になるから」

両親は同じ吹奏楽部でも、息を使わない打楽器ならどうかと勧めた。管楽器の中でも、せめて木管楽器なら、金管楽器ほどには肺活量——息の量や強さは求められない。

だが、淳は金管楽器にこだわった。新入生歓迎コンサートでいちばん目立っていたトランペットを自分も吹いてみたいんだと言い張って譲らなかった。

「お父さんやお母さんにあんなに自分の意見を押し通すのも、初めてだったんです」

最後は両親も折れた。

「ジュンちゃん、自分を変えたいんだと思うんです。トランペットをカッコよく吹いて……音が出なくても、思いっきり息を吹き込んだときの、すっきりした気持ちよさを味わってみたいんだと思うんです」

しかし、現実は甘くない。

吹奏楽部に入部した淳は、さっそく人数の手薄なトランペット班に回されたのだが、一カ月たったいまも、まだ、全体練習はおろか、班で進めるパート練習にもついていけないありさまだった。

やはり、息を吹き込むのが難しい。遠慮があると息が揺れて、震えて、途中で萎《しぼ》んでしまう。迷いやためらい、不安、そんな心理があると、恐ろしいほどはっきりと息に出てしまう。

そして、淳の息づかいには、そういう気弱なところが染みついてしまって、なかなか消えてくれない。パートリーダーの三年生部員が熱心に指導をしても、それでかえって緊張が高まって息が出なくなるという悪循環なのだという。

最近は本人も、放課後に練習に向かうのがキツそうだった。足取りが見るからに重い。優華が話しかけてもノリが悪い。入部前に両親が抱いていた危惧《きぐ》は、少しずつ

――確実に、現実のものになりつつある。

アカネは優華から聞いた話をかいつまんで伝え、車を発進させながら助手席のハクブンに尋ねた。

「実際に聴いてもそんな感じ?」

「ああ……最初もそうだったし、アカネと優華さんが向こうで話してるときに吹いてもらったけど、だめだな」

「コツ、教えてあげた?」

「訊《き》かれたけど、コツがどうこうって言う以前に、息が前に出ていかないから」

家でもできる基礎トレーニングをいくつか教えたが、たいして役には立たないだろう、と半ばあきらめながらのレクチャーになった。

問題は腹筋や背筋の鍛え方ではない。トランペットをかまえる姿勢とも違うし、肺活量の数値もたいして関係はない。むしろ精神的なもの――だからこそ、意外とあっけなく、ワインのコルク栓がすぽんと抜けるように息が通ることもありうる。

「自信と楽しさだよな、大事なのは」

いまの淳には、それが決定的に欠けている。

「だから、トランペットが吹けるようになるとすごく大きな自信になってくれると思うんだけど……でも、トランペットがうまく吹けないのは自信がないからで、最初の自信がないと、やっぱり……」

楽しさも同じだった。

「音が出るのは絶対に楽しい。で、最初に音楽を楽しむ気持ちがないと、なかなかいい音が出ない。でも、あいつは、まだ楽しそうに吹いてないんだ。必死すぎるんだ。真面目《まじめ》すぎるんだよな。だから、最初に楽しさがないから、音が出ないし、出ても楽しくならないし……」

堂々巡りなのだ。自信も楽しさも、先に手持ちのものがなければ、どうにもならない。

「ステージングのパフォーマンス、教えてあげたの？」とアカネは訊いた。

ハクブンは「そんなの、まだ十年早いよ」と苦笑する。「俺だって、そこそこ吹けるようになってから覚えたんだから」

まだ最初の音もろくに出せない淳に教えても、なんの意味もない。

「それに、あいつには無理だよ。ああいうパフォーマンスは、それこそ、自信たっぷりに本人が楽しんでやらないと」

「だよね……」

「トランペットって、笑うと吹けないから、不便なんだよ」

ハクブンは珍しく冗談を言ったが、アカネはうまく笑えなかった。

ちょうど車は表通りとの交差点に来たので、アカネは黙って車を左折させて合流した。

どこに向かうか、なにも決まっていない。とりあえず左折しただけで、地元のハクブンはともかく、ハンドルを握るアカネのほうはこの道がどっちの方角に向かっているのかさえわかっていない。

だが、アカネはその状況を楽しむかのように、「二つめの信号を右に曲がってみるね。で、曲がったあとも二つめの信号で左折、左右交互に二つめを曲がろう」と宣言して車を進める。

最初は道案内しようと思ったハクブンも、まあいいか、とアカネの好きにさせることにした。車にはカーナビもついているし、こういう行き当たりばったりのドライブなど、もう何年も、十何年も、したことがなかった。

沈黙の中、車はアカネの宣言どおりに進む。二つめの信号に差しかかるたびに、ウインカーを右に出し、左に出す。

つごう三度目の左折をしたら、ニュータウンの街並みを見渡す高台に出て、視界がパッと開けた。

急に広がった夕方の空に、なにかが——誰かが、いた。

髪をツンツン立てて、派手なメイクと衣装で飾り立てたキヨシローが、一瞬浮かんで、消えた。

アカネは見た。ハクブンも見た。

「うわ……」

「え……」

あとは絶句するしかない。

しかも、その衝撃はあっさりと消え去った。というより、記憶から消えた。まるでスクランブル交差点ですれ違った人のつけていた香水の香りをふっと嗅《か》いだように、キヨシローは二人の意識をすり抜けて、さっさと自分はいなくなってしまって、けれど大切なものを残した。

「ねえ、いまふと思ったんだけど」

アカネは言った。「さっき言ってたパフォーマンス、やっぱり教えてあげてもよかったんじゃない？」

ハクブンは少し驚いた顔になった。

「……俺もいま、同じこと思ってた」

「マジ？」

「うん、なんか、さっきまで言ってたことと矛盾してるんだけど……急に思ったんだ」

アカネは「私も急に思った」とうなずいて、続けた。

「前借りって、していいよね」

自信の前借り――。

楽しさの前借り――。

「手元にないんだったら借りてくればいいじゃん、っていう気がしてきた」

「……俺も、いま、思ってた」

「自信の前借りって、要するにハッタリってことでしょ？」

「そうそう、ハッタリだよ」

「じゃあ、ハッタリ、あの子に覚えさせてあげてもいいんじゃない？　で、ハッタリがうまくいって、自信がついたら楽しくなるわけだから、楽しさも前借りできるわけ」

ハクブンは何度も力強くうなずいた。我が意を得たり——もっとも、その「我が意」とはついさっき芽生えたばかりなのだが。

「いま、ふと思ったんだけど、キヨシローのメイクもそうだったよね」

「うん、俺も思う。髪を立てるのもそうだよ」

バンドがほとんど休眠状態になり、新作のレコーディングの目処《めど》も立たなくなってしまったキヨシローは、髪を立て、メイクをして、ステージに臨んだ。きっと最初は狭くて天井の低いステージで、客席もがら空きで、オーディエンスはぽかんとして……けれど、キヨシローの頭の中には、星空の下の野外ステージと超満員の客席とオーディエンスの大歓声が、そしてそれに応えてシャウトしてジャンプする、ド派手なバンドマンの姿が、確かに見えて、聞こえていたのだろう。前借りとは、そういう意味なのだ。

「それに、前借りなんて、返せなくてもいいんだよね」

アカネは言った。「ツケなんて踏み倒すためにあるんだぜベイベー……って、誰かに言われた気がした」

ハクブンはまたうなずいた。今度はしみじみと噛《か》みしめるようなしぐさになった。

ハクブンも言われたのだ。同じ言葉を、同じように、同じ誰かから。

「今日はもう無理だけど、ハクブン、今度また学校に行って教えてあげてもいいんじゃないの？」

淳と優華は、吹奏楽部の全体練習が始まる時間になったので、体育館の裏をひきあげた。ただ、明日からも個人の特訓は同じ場所でやっているはずだから、会うつもりになれば会える――なにしろハクブン自身は暇を持て余しているのだから。

「真面目すぎる淳クンに、トランペットは吹かなくても、持ってるだけでカッコいいんだよ、って教えてあげてよ」

「……うん」

「で、トランペットを持つことのカッコよさを堪能《たんのう》してから、ゆっくり吹き方を覚えてもいいじゃない、って」

「……だよな」

「おせっかいかもしれないけど、せっかく吹奏楽を好きになってくれた子を、このまま放っておけないでしょ。それに、木管でも金管でも、息が音楽になる楽器なんだ、って……すごく本質をつかんでるじゃない。そんな子が、このままだと吹奏楽を嫌いになるかも知れないって、悔しいでしょ」

「……わかるよ」

ハクブンの相槌《あいづち》は微妙に沈む。空に浮かんだキヨシローとは無関係に、自分で自分を振り返ったことで、元気がなくなった。

トランペットをクルクルッと回すパフォーマンスは、確かにあの頃の得意技だった。だが、いまの自分にそれができるのか。やり方を忘れたかどうかの意味ではなく、自信と楽しさをちゃんと持っているかどうかが、急に不安になってしまったのだ。

信条の現状維持すらまっとうできずに会社をリストラされたいまの自分は、手持ちの自信と楽しさを失って、なおかつ前借りができるような若さもない。そんな自分が、胸を張って堂々と、自信満々に、いかにも楽しそうにトランペットを回せるのか……。

話を変えたくて、「どうするんだ？」とアカネに訊いた。「ほんとにメンバーに会いに行くのか？」

答える前に、アカネはカーラジオのスイッチを入れた。

「さっき、ふと思ったの。ラジオ、大事だよ、って。思ったたっていうか、誰かに教わったっていうか」

プリセットしてあるAM放送のチャンネルを切り替えながら、RCサクセションの『トランジスタ・ラジオ』をハミングする。

ハクブンも、さすがにコーラスをつけるのは気恥ずかしかったが、アカネが口ずさむメロディーに心の中で歌詞を重ねた。

ベイエリアから。リバプールから。このアンテナがキャッチしたナンバー――。アカネのカーラジオがキャッチしたのは、東京のベイエリアにある民放ラジオ局の生ワイド番組だった。

まったくの偶然――だからこそ、啓示に導かれたのだろう。

「これでいいかな、ラジオなんて全然詳しくないけど、ちょっと聴いてみようか」

そう言って、チャンネルの切り替えボタンから手を離した直後、懐《なつ》かしい仲間の声と名前が聞こえてきたのだ。

第三章　ムスタング・サリー

1

チャワンは、マイクを手に、夕方の書き入れ時まっただなかの商店街にいた。たったいま、総菜屋のおかみさんへのインタビューの音声をスタジオに送ったところだった。

「はい、サテライト3号車からの中継、『夕食ラストスパート』のコーナーでした。リポーターのチャワンさん、お疲れさまでしたーっ」

番組を取り仕切るパーソナリティーの中沢慎也《なかざわしんや》から声が返ってきて、中継は終わった。夕方四時から七時までの三時間ワイド番組『中沢慎也の夕焼け小焼け』は、今日も順調に折り返し点を過ぎたことになる。

チャワンはマイクのスイッチを切り、おかみさんに取材の礼を言って、総菜屋の店先から離れた。日替わりで下町風情漂う商店街を歩いて、出来合いの総菜に一手間かけたおかずの紹介をする『夕食ラストスパート』は、夕方五時台の目玉コーナーだった。今日も無事に中継は終了し、おかみさんが教えてくれたコロッケの卵とじ丼は、料理と呼べるような代物ではなくても——そのレベルのものだからこそ、忙しい主婦に感謝されるだろう。

だが、まだチャワンの仕事は終わらない。次は、午後七時に番組が終了する間際《まぎわ》のコーナーが待っている。『夕食交渉人チャワンが行く！』という、これもリスナーから根強い人気を誇るコーナーだ。今度はショッピングセンターやスーパーマーケットに出かけて、閉店時刻が迫って在庫を処分したい売り場責任者と交渉して、番組で決めた合言葉を言えば割引になるタイムサービス品を決める。その恩恵にあずかるのはお店の近所に住んでいるひとたちだけなのだが、それがかえってゲーム感覚で人気を呼び、午後四時台には「今日はチャワンさんはどこの街に行くでしょう」というクイズまであるほどだ。

人気コーナーを掛け持ちで任せられる気分は、もちろん、悪くない。だが、移動の時間帯は夕方の渋滞に巻き込まれてしまうので、『夕食ラストスパート』が終わったあとの時間は一分一秒でもムダにしたくない。

それはチャワンだけでなく、スタッフ一同、よくわかっている——はずなのだが……。

商店街のはずれに停めてある中継車に戻りかけたチャワンは、後ろを振り返り、やれやれ、とため息交じりにディレクターを呼んだ。

「本間くーん、早くしない？」

中継の間のディレクターは、ほかの客がインタビューに割って入らないよう手振りで制するぐらいで、あとはほとんどすることがない。それはそれでいい。チャワンだって、なにもマイクを代わりに持ってほしいだのと思っているわけではない。

しかし、だからといって、総菜屋の向かいの鮮魚店に入って、マグロのブツ切りの試食の行列に並ぶことはないんじゃないか。よく見ると、その隣のタイ焼き屋の手提げ袋まで持っている。

さすがに本間も決まり悪そうに行列から離れたが、その直前、未練がましそうに自分の前に並ぶひとを目で数えたのを、チャワンは見逃さなかった。

やれやれ、とチャワンはまたため息をついた。今度のため息は、半分は自分自身に向けたものだった。

こういうところの観察眼が鋭くなってしまうというのが、おばさんになったということなのかもしれない。

四十六歳。

数えで三十三歳の厄年を迎えて「もうおばさんだから」と苦笑していた頃が懐《なつ》かしい、というより、いささか気恥ずかしい。「おばさん」時代は長い。はてしなく、とまではいかなくても、うんざりするほど長い。その「おばさん」時代の、まだ前半なんだと思うと悔しいし、すでに終盤にさしかかっているんだと思うと、さらに悔しい。

本間は二十二歳――この四月に新卒でラジオ局に就職して、必要最小限の研修を受けただけで、先週から現場に投入された。

「どーもどーも、お疲れっした」

間延びしているのか舌足らずなのかわからないような軽い口調には、一週間たってもまだ慣れない。ほとんど親子と言ってもいい歳《とし》の差だ。

「今日のお店はどこだっけ」

チャワンは足早に商店街を歩きながら訊《き》いた。

「えーとですね……どこだったかな、ちょっと待ってくださーい……」

本間は中継のスケジュール表を取り出して、「えーと、えーと……いま『夕食ラストスパート』が終わったところだから……えーと、次はですねえ……」と頼りない声で言いながら、指でスケジュール表をたどる。混雑した商店街の真ん中でそんなことをするものだから、タイムサービスの特売に気がせくおばさんたちと肩がぶつかり、にらまれて、「ちょっと、邪魔でしょ」と文句まで言われてしまい、チャワンはマイクについたラジオ局のロゴを手で隠すしかなくなってしまう。

「ねえ、本間くん」

「はい？」

「タイ焼き、美味《おい》しそうだね」

イヤミを込めて言ったつもりだったが、本間は屈託なく「そうなんですよ、すっげえいいにおいがしてたんで、思わず買っちゃいましたよ」と笑う。「車に戻ったら、みんなで食べましょうよ」

そういうところだけは気が利《き》くのだ。いや、気づかいやサービス精神というより、ごくあたりまえのなりゆきとして、「美味しそうなものは買う、買うのならみんなで食べよう、じゃあボクが皆さんのぶんも買っておこう」という流れが頭の中でできている。領収書をもらって会社に帰ってから精算する、というわけでもない。要するに自腹のおごりなのだ。

気のいいヤツというのか、のんきなヤツと呼ぶべきなのか、叱《しか》られてもケロッとして、たまにほめられてもたいしてうれしそうでもない。

ただ、それは本間だけではない。他の番組を担当する同年代の女性スタッフと話していても、二言目には若い連中のことになる。生意気だったり反抗的だったりすることへの愚痴ならまだいい。基本的には素直で、そのくせなにを言っても骨身に沁《し》みている様子はなく、すねたりひねくれたりしない代わりに、仕事に対してグッと前のめりになるということもなく……最後は決まって「ワケがわかんないね、あの子たち」で話が終わってしまう。

時代の違いなのか。世代の差なのか。どちらのせいにすれば気が楽になるのかもわからない。

ひとつだけ確かなのは、二十代や三十代の頃ならきっと嫌で嫌でたまらなかったはずの下町の商店街の取材が、いまの自分にはしっくりくるようになった、ということだった。

一般論で「おばさん」と呼ばれる年齢になればみんなそうなのか、それともチャワンの個人的な「おばさん」指数が上がっただけなのか。同僚に訊きたくても、なんとなく答えを知るのが怖い——それがすでに答えになっているのだということには、気づかないふりをしている。

小柄でコロコロした体型が下町の商店街になじむのだろう、チャワンはどこの街に行っても歓迎される。総菜屋や定食屋のおかみさんたちは気さくに取材に応じてくれるし、買い物客もよく笑い、よくしゃべってくれる。「マスコミのひとが取材に来た」というのではなく、「自分たちの仲間がマスコミに行って、自分たちの世界に里帰りしてきた」という感覚なのだろうか。

＊

そうでなければ、本来はラジオ局の総務部の社員である「小《こ》嶋《じま》美《み》由《ゆ》紀《き》」が「チャワン」という色気皆無の名前で生放送番組のレポーターなどつとめられるはずがない。

去年の秋、『中沢慎也の夕焼け小焼け』が始まったときに抜擢《ばってき》された。中沢じきじきのご指名だった。もともと声優やナレーターとして中堅どころのポジションだった中沢は、声の質や語り口がむしろラジオに向いていたようで、早朝番組『中沢慎也の朝焼け一番』はコンスタントに聴取率を稼いで、十年つづいた。十一年目を機に早朝から夕方へと番組の枠を移すのは、局にとっては大きな賭《か》けだった。ライバル局に負けるわけにはいかないし、早朝の看板だった中沢を負けさせるわけにもいかない。

「小嶋さんをぜひとも現場に出したい」という中沢の意向には、プロデューサーも編成部長も、スポンサー筋でさえも逆らえなかった。

「とりあえず一クールやって様子を見るから」とプロデューサーは「小嶋美由紀」に制作部への異動の辞令を渡しながら言った。その時点では、うまくいくかどうかは半信半疑――おそらく七割方は「ダメでもともと」の覚悟だったのだろう。なにしろ「小嶋美由紀」はアナウンサーではない。いわゆる「しゃべり」ではまったくのシロウトだったのだから。

だが、「チャワン」のコーナーは十三週の一クール目を乗り切り、二クール目も好評で、この四月の番組リニューアルでもみごとに生き残った。

「いやあ、きみにこんなに『しゃべり』の才能があるとは思わなかったよ、まいったまいった」

プロデューサーは感心しきりだったし、なぜもっと早く制作に移さなかったんだ、と編成部長に叱責《しっせき》もされたらしい。

もっとも、それはプロデューサーのせいではない。ふつう誰だって、自分を「しゃべり」で使おうとは思わないだろう。チャワン自身がいちばんよくわかっている。

声が低くて、太くて、しわがれている。ハスキーボイスというより、むしろダミ声。日常生活に支障をきたすほどではないものの、自分の声が「しゃべり」の世界で通用するとはとても思えなかった。テレビならともかく、ラジオは、声だけで勝負しなければならないのだから。

ところが、その声が、夕方の下町の商店街にぴたりとはまった。威勢のいいおかみさんとの掛け合いや、スーパーマーケットの売り場責任者との「そこをなんとか！　もうひと声！」という値引き交渉のときには、これ以上ないほどふさわしかったのだ。

「さすがに『しゃべり』のプロ中のプロだよなあ、中沢さんは。一発できみの才能を見抜いたんだもんなあ」

プロデューサーは中沢に対してもあらためて感心していたが、ふと思いだしたように「あれ？」と首をかしげた。「でも、きみの声、中沢さんはいつ聞いたんだろうなあ……」

「『朝焼け一番』の頃、二、三度お話しさせてもらったことがありますから、それで覚えていらっしゃったんだと思いますよ」

チャワンがすまし顔で言うと、プロデューサーはあっさり「あ、そうだったのか、なるほどなるほど」とうなずいて、それきりその話は蒸し返してこなかった。

嘘《うそ》をついた。

あらかじめ中沢と二人で、訊かれたらこう答えよう、と口裏を合わせていた。

中沢は、チャワンのしわがれ声をずっと以前から知っている。

「チャワン」という名前の由来も、番組では「夕食といえばお茶碗《ちゃわん》ですから」ということで通しているが、ほんとうは違う。

ハスキーボイスの女王サラ・ヴォーンにあやかって、「皿」の隣の「茶碗」——名付けたのは、大学の留年を繰り返しながらバンド活動をしていた頃の中沢で、ステージで一緒になったチャワンに「いい声してるな」とサラ・ヴォーンを教えたのも、彼だったのだ。

＊

中継機材を積んだワゴン車に戻ると、本間はさっそくタイ焼きをチャワンとドライバーにふるまった。

「タイ焼きの尻尾《しっぽ》って、カリッとしてるのと、フワッとしてるのがあるじゃないですか。ここ、クリスピー系っすよね。オレはクリスピーのほうが好きなんすけど、チャワンさんはどっちっすか？」

次の仕事の打ち合わせよりもタイ焼きの尻尾のほうが大事なのだ、このディレクターは。

二十年前なら絶対にキレてたなあ、とため息を呑《の》み込んで、タイ焼きをかじる。意外と美味しい。じつを言うと、チャワンも尻尾はクリスピー派だ。

「どうっすか？　オレ、このアンコ好きっすけど」

確かに、甘みがくどすぎないところもいいし、ほんの少し焦《こ》げた香ばしさがあるところも、チャワンの好みに合っている。

「……いいんじゃない？」

お気楽なペースに乗せられてなるものか、と番組の進行表をチェックしながら、そっけなく答えた。

だが、本間はたったそれだけのリアクションでも「やったね！」とガッツポーズをつくって快哉《かいさい》を叫んだ。

「なに大げさなこと言ってんのよ」

「いや、だって、やっぱ、うれしいじゃないっすか。うれしいっつーより、ほっとするじゃないっすか」

「なんで？」

「チャワンさんの声で『不味《まず》い』とか言われたら、オレ、もう、一瞬で硬直っすよ。怖いっすもん」

やれやれ、だ。ほんとうに、まったく。

十年前でも、たぶん、キレている。

五年前なら――。

三年前なら――。

一年前なら――。

よくわからなくなってきた。カチンと来た怒りをそのまま相手にぶつけていた頃は、確かにあった。だが、いまは、こんなふうに脱力気味の苦笑いで聞き流すコツを覚えた。その境目は、いったいどこにあるのだろう……。

アンコの甘さが舌に染《し》みる。疲れているのかもしれない。

喉《のど》を火傷《やけど》しないように気をつけて呑み込むと、タイミングを合わせたように車載電話が鳴った。スタジオの副調整室からのホットラインだ。仕事中はスタッフで情報を共有するためにハンズフリーにしてある。

「お疲れさまです、スタジオの安田です」

スタジオの進行を取り仕切るチーフディレクターからだった。

「チャワンさん、いまちょっといいですか？」

仕事中は旧知のスタッフでも「小嶋さん」とは呼ばない。毎日午後四時から夜七時までは「チャワン」――気持ちを集中させるために、それを徹底させたのも、中沢だった。

「なに？」

「いまですね、スタジオにメールが来たんですよ、チャワンさん宛《あ》てで」

「あ、そう」

べつに驚くほどのことではない。番組ではオンエア中はメールやファックスを常に募集しているし、半年以上もレギュラーでコーナーを持っていれば、激励のメールもたまに来る。

「ちょっと元気出したいから、番組の中で読んでよ」

冗談めかして、半分は本間に対する愚痴も込めて言った。

だが、安田は「じつはですね……」と口調をあらためて、「中沢さんがチャワンさんに確認してもらえ、って言うんですよ」とつづけた。

「中沢さんが？」

「ええ、いちおうチャワンさんのＯＫもらってから読んだほうがいいんじゃないか、って」

中沢はスタジオでゲストの映画評論家とトーク中だった。カーラジオからも談笑する声が聞こえている。

「いま、読んでいいですか？」

「うん……お願い」

訝《いぶか》しくはあったが、さほど深くも考えず、タイ焼きを頬張って、安田がメールを読み上げるのを待った。

だが、その十秒後――チャワンは熱々のアンコを喉に詰まらせそうになって、本間の差し出す冷たいお茶をあわてて飲むはめになってしまう。

〈チャワン、元気？〉

それが書き出し――呼び捨てだった。

リスナーからの激励メールにしては馴《な》れ馴《な》れしすぎる。「なんなの？」と思った時点で、すでにアンコは喉に向かっていた。

〈ひさしぶりです。ショットガン・ホーンズのアカネ&ハクブンです〉

その瞬間、チャワンは息ができなくなってしまったのだ。

2

映画評論家とのトークを終えた中沢慎也は、評論家をエレベーターホールまで見送るとすぐさまスタジオに駆け戻り、チーフディレクターの安田に声をかけた。

「チャワンに連絡ついたか？」

「ええ、さっき」

「どうだった？」

「びっくりしてました」

「……だろうな」

「タイ焼き食べてる途中だったみたいで、アンコが喉に詰まって大変そうでしたよ。ヤケドしてなきゃいいんですけど」

「読んでいいって言ってたか？」

「中沢さんにぜんぶ任せます、って」

「そうか……」

番組は録音済みのコーナーを流している。ふだんはトイレをすませたり煙草《たばこ》を一服したりという貴重な中休みの時間になっているが、今日はのんびりする余裕はない。若いスタッフにコーヒーを頼んでブースに入ると、安田も追いかけて中に入り、「どうします？」とテーブルの上のプリントアウトを指差した。困惑して、迷って、微妙に逃げ腰の口調だった。

アカネとハクブンから届いたメールのプリントアウトだ。

「チャワンさんの知り合いなんですね」

中沢は黙ってうなずいた。

「まあ、ぶっちゃけ、番組の担当者としては、ちょっとヤバい気もするんですよね、こういうメールを読んじゃうのは」

中沢はまた黙ってうなずく。安田の立場はわかるし、中沢自身、番組の「顔」として考えれば、やはり、読むわけにはいかない。

プリントアウトにあらためて目を落とした。

〈チャワン、元気？　ひさしぶりです。ショットガン・ホーンズのアカネ＆ハクブンです〉

「ショットガン・ホーンズって、なんなんでしょうかねえ……」

　安田の声には応えず、さらに読み進めた。

〈ついさっき、カーラジオで初めて番組を聴いて、チャワンのことを知りました。チャワンがいまもチャワンと呼ばれていることがすごくうれしかったし、チャワンが、形は違っていても、いまもライブをつづけていることは、もっとうれしかったです〉

　差出人は連名でも、どっちが文章を書いているのか、中沢には簡単にわかる。負けん気が強かったアカネの顔が浮かぶ。なにごとにつけ優柔不断だったハクブンは、どうせ「マジ？　マジに送っちゃうの？」などと言いながら、アカネを止められなかったのだろう。

　思いだす二人の顔は、どちらも若い。まだハタチそこそこ――ブラックスーツにブラックタイ、ボルサリーノにウェイファーラーという揃《そろ》いのステージ衣装は、いかにも若造が背伸びをしているふうで、年長のバンドからは「ちびっこギャング」とからかわれていたものだった。

〈ところで、キヨシローが天国へツアーに出かけましたね。長い長いツアーになりそうです。チャワンはそのニュースを、どこで、どんなふうに聴きましたか？〉

俺は——なにをやっていたんだろうな。キヨシローが亡《な》くなった五月二日は土曜日だった。番組は月曜日から金曜日までだから、休みだった。テレビでテロップが流れたのは、夜十時頃だっただろうか。驚いた。悲しかった。キヨシローさんが五十代のうちに亡くなるなんて、というショックも受けた。一つの時代が終わったんだ、という感慨めいたものもあったし、もうガンで死ぬのはひとごとじゃないんだな、と四十代の終わりに差しかかった我が身を振り返ってもみた。

もっとも、一晩たてば気持ちも落ち着いた。二晩たてば、キヨシローの死はただの芸能ニュースの一つになった。月曜日の番組が始まる前、構成作家が「せっかくですからキヨシローさんの曲でリクエストコーナーをつくりましょうか」と提案してきたときも、個人的な思い入れは抜きにして、あくまでも番組のために「いいね」と話に乗った。

意外とあっさり乗り越えられた。それはそうだ、俺とキヨシローさんとはしょせんは赤の他人だったんだから、と納得もしていた。後悔があるとすれば、元気なうちにゲストに出てほしかったな、ということぐらいで、結局のところはそれも番組のためだった。

だが、アカネは違った。

〈わたしも先週からツアーに出ました。もちろん、天国行きのツアーではなく、このクソッタレな下界で、ドカドカうるさい都会で、車をとばしています。理由なんてありません。キヨシローの啓示を受けたんだ、としか言えません。でも、チャワンなら、この気持ちをわかってくれるんじゃないかな、とも思っています。さっき、ハクブンを拾いました。チャワンにも、いまから会います。マジです。今日の『夕食交渉人』のロケ現場に迎えに行くので、よろしく〉

「来ますかねえ……やっぱり」

安田は言った。「どうします？　場所はいまさら変更できないし……万が一の場合に備えて、現地の警備員とかに連絡しときましょうか？」

「そこまで大げさにしなくてもいいだろ。本間もいるんだし」

中沢は苦笑してかぶりを振った。アカネの性格なら来る。絶対に来る。若い頃からそういうヤツだった。一度決めたらすぐに突っ走る。突っ走ったら止まらない。ただし、客として出かけたライブハウスで興奮のあまりフロアからステージに駆け上ってライブを邪魔するようなことは、決してしない。

「それにしても、『チャワン』って、この番組のために付けた名前じゃなかったんですね」

「……みたいだな」

「知りませんでした」

「……俺も」

「メールをくれたのって、チャワンさんの昔の友だちなんですかねえ」

「そんな感じだな」

「チャワンさんって、昔、どんなことやってたんでしょうね」

バリトンサックスを吹きまくってたよ、と声に出さずに答えた。

「ライブってことは、音楽だったんでしょうかね」

コテコテのR&Bだよ、と無言で返す。

「このショットガン・ホーンズってのが、バンドの名前だったのかなあ。そんな感じですよね」

「ああ……」

出会ったのは二十五年前だけどな、と喉の奥でつぶやいて、メールをさらに読み進めた。

〈チャワンのしわがれ声を聴いていると、昔のことがなつかしくなります。ピケさんのこと覚えていますか？　チャワンの声を「サラ・ヴォーンみたいでいい」と最初にほめてくれたのはピケさんでしたね。ピケさん、いま、どこでなにをやってるのか、知ってたら教えてください〉

やれやれ、と中沢はそっとため息をついた。最初にメールを読んだときも、同じ箇所でため息をついてしまった。

ここだよ、ここにいるんだよ、と自分の胸を指差してやりたい。

「ピケさんって誰なんでしょうね」

安田の問いに、少し間をおいてから「ウィルソン・ピケットのことかもな」と答えた。その名前を聞いても、三十代の安田はきょとんとしている。無理もない。ウィルソン・ピケットが亡くなったのは二〇〇六年——全盛期は一九六〇年代で、そこからはずっと「伝説の歌手」の扱いだった。

「安田ちゃんもキヨシローぐらいは知ってるよな」

「ええ、それはもう」

「ウィルソン・ピケットってのは、わかりやすく言っちゃえば、元祖キヨシローだったんだ。晩年はパッとしなかったんだけど、大物なんだぞ」

キヨシローのド派手なステージ衣装は、ウィルソン・ピケット譲りだった。ライブでもピケットの代表曲『イン・ザ・ミッドナイト・アワー』をよく演《や》っていた。

「チャワンさん、そんな歌手と知り合いだったんですか?」

「本人じゃなくてさ、だから、つまり……ウィルソン・ピケットに憧《あこが》れてるヤツがいて、自分のことをピケって呼んでたんじゃないのかな……」

「ディテール、つくりこんできますねえ」

笑って言われたので、中沢も「妄想力があるんだ」と笑い返した。

「で、どうします?」

「ピケさんがどうのこうのは要らないよな」

中沢は原稿チェック用の赤鉛筆を手に取って、ピケさんにまつわる箇所を大きな×印で消した。

「あとは読むんですか？」

「ああ……。せっかく送ってくれたんだから、読むよ」

メールの終盤を赤い丸で囲んだ。

〈リクエストは『ムスタング・サリー』でよろしく。では、『夕食交渉人』の現場で会いましょう。ドキドキしています〉

さらに、追伸という形で最後に記された一文を、二重の赤丸で囲む。

〈チャワン、いま、幸せですか——？〉

ミニコーナーのエンディングテーマがモニターから流れてきた。

安田は椅子《いす》から立ち上がっても、まだ心配そうに「ほんとに読んでだいじょうぶですか？」と言う。「はっきり言って、これって、ほとんど個人的なメールでしょ？

放送で紹介する意味ってあるのかなあ……」

「投稿っていうのは基本的にぜんぶ個人的なものだよ。それをぜんぶボツにしてたら、新聞の社説みたいな投稿しか読めなくなるぞ」

「まあ、それはそうなんですけど……」

「チャワンの過去がちらっと覗《のぞ》けるっていうのは、リスナーにとってもうれしいんじゃないかな。もし好評だったら、あいつの素顔を少しずつ小出しにしていくのも面白いだろ」

なるほど、と安田もやっと得心した顔になった。

「じゃありクエストの準備しますけど、『ムスタング・サリー』って誰が歌ってるんですか？」

R&Bのスタンダードナンバーだ。オリジナルで歌っていたのはサー・マック・ライスだが、ウィルソン・ピケットやバディ・ガイ、あるいはヤング・ラスカルズのバージョンのほうが一般的だろう。

それはよくわかっている。わかっているのだが、あえて——。

「トーキョー・ラストエグジットが歌ってた」

中沢は安田から目をそらして言った。

「トーキョー……？　つづき、なんです？」

あわててメモをとりかけた安田に、目をそらしたまま、「違う違う」と苦笑した。

「ウィルソン・ピケットでいこう」

トーキョー・ラストエグジット——日本語に訳せば、東京最終出口。ヒューバート・セルビー・ジュニアの小説『ブルックリン最終出口』にちなんで名付けたバンドで、ピケは歌っていた。

そもそも音源などない。レコードからＣＤに切り替わる手前の数年間をライブハウスを回って過ごしたが、結局デモテープ止まりで、大学に七年間も長居をしたピケが声優とナレーターの事務所に入ったのをしおに解散した。

そのトーキョー・ラストエグジットが、もしもライブアルバムを一枚残していたなら、収録がどのステージであってもオープニングを飾るのは間違いなく『ムスタング・サリー』だったはずだ。そして、参加ミュージシャンのクレジットには、収録されたステージによってはショットガン・ホーンズの名前も記されていたかもしれない。

安田が副調整室に戻って、ブースの中には中沢一人が残された。

「中沢さん、ＣＭ明けからスタジオでーす」

副調整室からの指示に、指でＯＫマークをつくって応《こた》え、目を閉じて深呼吸をした。

「中沢さん、リクエスト曲、準備できました」

「メールを読んだあと、食い気味にバッと入れてくれ」

「了解っす」

　ＣＭが終わる。

　中沢は目を閉じたまま、手探りでも位置を覚え込んでいるカフをＯＮにした。目を開ける。ここからは仕事だぞ、と自分に言い聞かせる。

「『中沢慎也の夕焼け小焼け』、後半戦も絶好調でいってみましょう！」

　声を張り上げて、同じテンションを保ったまま、「ではサテライトを呼んでみましょう。１号車はいまどのあたりですかあ？」と中継車を順に呼び出して、短いトークでつないでいった。

　１号車はお台場。

　２号車は赤坂見附の交差点。

　そして、３号車――。

「チャワンさーん」

「はいはいはーいっ」

チャワンのしわがれ声が返ってくる。「チャワンさん、いま、どちらですかあ？」

「えーとですね……いまは『夕食交渉人』のロケに向かってる途中です」

チャワンの声に、かすかなためらいが覗いた。

「なるほど」と応えた中沢も、少し間をおいて「今日はどこにおうかがいするんでしたっけ」と訊いた。

本来なら、現場での混乱や万が一の事故を防ぐために、ロケの場所はコーナーが始まるまで明かさないことになっている。副調整室で安田たちがあせる様子をガラス越しにちらりと見て、中沢はつづけた。

「チャワンさん、ヒントだけでも教えてもらえますか」

「はい、じゃあですねえ……」

幹線道路の名前を言った。

その道路を高架でまたぐ私鉄の路線名も言った。

道路と線路の交差する場所から、北へ少し走ったところにあるショッピングセンターが、今日のロケ地だった。

「了解です。では、今日もがんばって交渉よろしくお願いします」

「はいはーい、夢の全品半額目指して、今日もチャワンパワーでがんばりまーす！」

「ご家庭の主婦の味方、チャワンさん、今日もよろしく！」

決め文句を言って中継を切る直前、声を無理やりねじ込むように、中沢は言った。

「トーキョー・ラストエグジット！」

チャワンが息を呑む気配が伝わったが、そこで中継は切れた。

聞こえただろうか、アカネとハクブンにも。二人の耳、というより胸の奥の記憶に、なつかしい名前は、ちゃんと届いてくれただろうか。

中沢は「ここで一通、チャワンさん宛てのメールを紹介します」と言って、静かに、ゆっくりと、メールを読んでいった。「ピケさん」とチャワンの箇所を飛ばした代わりに、最後の一言を、繰り返して読んだ。

　　チャワン、いま、幸せですか――？

　　チャワン、いま、幸せですか――？

手振りでキューサインを出すと、『ムスタング・サリー』のイントロが流れてきた。

3

「いま……聞いた？」

アカネがハンドルを握ったまま振り向くと、助手席のハクブンは半ば呆然《ぼうぜん》とした顔でうなずき、「前見てなきゃ危ないだろ」と言った。

そんなのどうだって——と言いかけたそばから、車間距離が詰まりすぎて、アカネはあわててアクセルを戻す。

「トーキョー・ラストエグジットって言ったよね、いま」

「うん……確かに、言った」

カーラジオからは『ムスタング・サリー』が流れている。ウィルソン・ピケットのバージョンだった。曲のリクエストをしたのはアカネとハクブンでも、スタンダードとして数多くのアーティストにカバーされている中から、ウィルソン・ピケットのものを選んだのは、中沢慎也——。

「ね、そういえばさ、中沢慎也の声って、ちょっと似てない？」

「俺も、そう思ってた」

そこまでの二人の口調は半信半疑だったが、曲が終わって「ただいまのナンバーは……」と中沢慎也が話しだした瞬間、声がそろった。

「ピケさん――！」

斜め後ろから大きなクラクションの音が響いた。二人の乗ったワゴンは、隣の車線にはみ出していたのだ。

危ないところだった。ハンドルを戻したアカネも、さすがに肝を冷やしたのか、ふう、と息をついた。

「……頼むよ、安全運転」

窓の上のグリップを掴《つか》んだハクブンの声は、半べそに近かった。さっきからずっとこの調子だ。運転が荒い、というより、へたくそ――「しょうがないじゃない、都心の道を運転するのなんて初めてなんだから」と開き直るところは若い頃と変わらない。見るからに両手をこわばらせてハンドルを握っているのに運転を代わろうとしないところも、同じ。

車はそろそろ大きな交差点に出る。片側二車線の道が、右折レーンを設けた三車線に変わる。

「その先、右折だな」

「そう？」

「だって、ピケさんが言ってたじゃないか」

ラジオを通じて中沢慎也――ピケが伝えた『夕食交渉人チャワンが行く！』の会場は、そっちの方向だ。店の名前は口にしなくても、幹線道路と私鉄の路線の名前があれば、その程度のことはわかる。

「くわしいんだね、東京の道に」

「ふつうだよ、常識っていうか」

「そんなことないって。ハクブンにとっては常識かもしれないけど、ニュータウンのおばちゃんなんて、自分の住んでる町のことしか知らないんだから。地下鉄の乗り換えなんか、もう全然わからないから、絶対に迷子になっちゃうよ」

「そうか……」

「でも、ハクブンの奥さんだってそうじゃないの？」

不意に現実に引き戻された。そもそも暇つぶしの散歩の途中だったのだ。会社の友人から再就職についての電話がかかってきたので、急いで都心に向かわなければならなくなった――と連絡はしておいたが、妻の香澄がどこまで信じてくれたかはわからない。再就職がらみの話に普段着で出かけるところからして、すでに怪しい。たいがいあとになってから気づくのだ、人生のさまざまなことは。

黙り込んでしまったハクブンに、アカネはぽつりと言った。

「ごめん」

「……なにが？」

「ウチの話をしちゃって、ごめん」

「いや、べつに、そんなの……」

ハクブンの言葉をさえぎって、「ウチの話をするんだったら、ツアーに出る意味ないもんね」と言う。

「ツアーってさ……」

思わず苦笑すると、アカネも笑い返して、「ほかにいい呼び方が見つからないんだもん」と言った。「でもさ、ハクブンにも気持ちはわかるでしょ？」

少し間をおいて、うなずいた。

アカネはホッとした顔になって、「チャワンにも通じるといいんだけどな」と言う。

ハクブンも、また少し間をおいて、黙ってうなずいた。

車は交差点に差しかかった。車の流れは詰まり気味ではあっても、渋滞で停まってしまうほどではない。車線を移るにはいちばん厄介な交通量だった。アカネも「チャワンとピケさんの話はあとでね」と短く言って、運転に集中する。

ハクブンはグリップから手を離し、アカネの横顔に目をやった。四十六歳。やはり歳《とし》を取った。体つきも一回りふっくらしたし、頬から顎《あご》にかけての輪郭もゆるんだ。服装はそれなりによそゆきの雰囲気だったが、都心のオフィス街を闊歩《かっぽ》する若い女性たちとは、なにかが微妙に、しかし確実に違う。いや、同世代の中で見ても、「おばちゃん」というのは自虐的《じぎゃくてき》なギャグの段階ですんでいるとしても、セレブな女性誌のグラビアで微笑《ほほえ》む読者モデルや、別のページでＩＴビジネスについて語るやり手のビジネスパーソンには、残念ながらなれそうにない。

それでいい。いや、そうでなくてはハクブンも困っていた。十代や二十代の頃のままの姿でアカネが目の前に現れたら、歳相応にくたびれてしまった自分自身のことが悔しかっただろう。かといって、アカネがすっかりおばさんになってしまっていたら、今度は、「そうだよな、もう、俺たちみんな四十代の後半戦なんだもんな……」と寂しく納得していたに違いない。アカネが元気をなくしていたらこっちだって心配するし、逆に元気ハツラツのアカネと再会したら、こっちが気疲れしてしまいそうな気がする。

適度に若さを残しつつ、適度にカンロクもついて、適度に野暮ったくなって、適度に洒落《しゃれ》で――。

悪くないじゃないか、と思う。アカネの横顔を見て、チャワンの声を聴いて、あらためて思う。

だが、アカネは逆だった。さっきもその話でひとしきり――学生時代、安い貸しスタジオのロビーでミーティングをしていたときのように、言い合いになってしまった。

アカネに言わせると、四十代半ば過ぎというのは、中途半端に若さが残って、中途半端にカンロクがついてしまった、まったくもってサイテーきわまりない時期らしい。ニュータウンの主婦の生活も、中途半端にお洒落で、中途半端に野暮ったい。「適度」と「中途半端」が、要するに二人の性格の違いだった。そういうところは、ほんとうに、お互いに苦笑してしまうぐらい若い頃と変わらない。

「女のひとは、ほら、これくらいの歳になると更年期障害とか出てくるから、いろいろあるのよ」

二十三年ぶりに再会した男友だちにそんなことをさらりと言えるのがアカネの性格で、たかがそれだけのことで、いい歳をして急にどぎまぎしてしまうのがハクブンの性格なのだ。

車は交差点を右折して、片側三車線の幹線道路に入った。カーナビの地図を広域表示に切り替えると、数キロ先で私鉄の線路と立体交差していた。その地点をズームすると、確かにショッピングセンターがある。首都圏に何店舗も展開している『マルオカ』という大手スーパーマーケットだ。幸いにして進行方向左手――このまま左側の車線を走っていけばいい。

運転のヤマを越えて一息ついたアカネは、ようやく肩の力を抜いて言った。

「チャワン、来るかなあ……」

「それは来るだろ、仕事なんだから」

「聞いてるよね、わたしたちのメール」

「さっき放送でもやってただろ」

「……思いだしてくれたと思う？　ショットガン・ホーンズのこと」

「だいじょうぶだよ」

「でも、まさか中沢慎也がピケさんとはねえ……よく考えたら、わたしたち、あれほど一緒にステージやってきたのに、ピケさんの本名なんて知らなかったもんね」

「向こうも俺たち一人ずつの名前なんて、ほとんど知らなかっただろ」

「だろうね」

のんきと言えばいいのか、いいかげんだとあきれるべきなのか、まっとうなオトナの世界では考えられないようなことも、あの頃はあたりまえだった。金の支払い一つとっても、スタジオ代も、ライブハウスのチケットのノルマも、打ち上げの飲み代も、みんなそろって貧乏だったのに、なんとなく、適当に、結果オーライで、うまくやっていた。

行きつけの酒場はどこもクレジットカードは使えなかったが、いくらでもツケが利《き》いた。携帯電話がなかったぶん、待ちぼうけやすれ違いは山ほどあっても、代わりに、酒場のドアを開けるときには「今夜は誰がいるだろう」という楽しみがあった。インターネットのなかった時代、「世界」ははるかに遠かったが、「仲間」はいまよりずっと近かった。そういうことを言い出すのがオヤジになった証《あかし》だと、自分でもわかってはいるのだが……。

「でもさ、ピケさんの番組にチャワンが出てるってことは、ウチらのバンドやピケさんのバンドが解散しちゃったあとも、あの二人……ってことだよね」

途中で微妙な間をおいて、アカネは言った。ハクブンは無言で小さくうなずく。

仕事でたまたま再会したのか、その前からの付き合いなのか。いずれにしてもチャワンは、たしかまだ独身——少なくとも、アカネもハクブンも彼女から結婚の報告は受けていない。

「さっき、ピケさん、自分の出てくるところ読まなかったよね」

「ああ……」

「ちょっと気になるけど、そこ」

「仕事だから読まなかったんだよ」

「でもさ、ハクブン。メールの最後はどう思う？」


〈チャワン、いま、幸せですか――？〉

それをピケさんは声に出して読んだのだ。自分とチャワンにまつわる箇所を端折《はしょ》ったのなら、その言葉だって、ほんとうは読む必要がない。リスナーに対しても、すっきりしないものを残してしまうだけだ。


「しかも、繰り返して読んだんだよ。ハクブンも聴いたでしょ」

「うん……」

「なにかあると思わない？」


いったん訊いておいて、ハクブンの答えも待たずに「わたしは、あると思うんだよね……」とつづけ、そのまま黙り込む。

ハクブンも沈黙に付き合った。アカネがいま、なにを考え、なにを思いだしているか――ハクブンにもそれはわかっているつもりだった。

＊

『マルオカ』に一足早く入って生中継の準備に取りかかったチャワンは、ディレクターの本間の指示に生返事をするだけで、呆然としたまま、ショッピングセンターの人込みを眺めていた。

頭の中では、さっきから同じ言葉がぐるぐると渦を巻くように繰り返されている。

チャワン、いま、幸せですか――？

チャワン、いま、幸せですか――？

アカネやハクブンとの思いがけない再会に困惑する以前に、その言葉が離れない。

あの声で問いかけられたから。

中沢慎也の――ピケの声で、尋ねられたから。

ピケの声の響きには、動揺やためらいはまるでなかった。淡々としていながら温もりのある、まさに人気パーソナリティーにふさわしい業務用の声で訊《き》かれた。それが、むしょうに悔しく、悲しかった。

「チャワンさん、どうしたんすか、顔色悪いっすよ」

本間が心配そうに訊く。中継の段取りは悪いくせに、こういうところには敏感なのだ。

つくり笑いを返すことはできなかった。へたに頬をゆるめると、笑顔どころか泣き顔になってしまいそうで怖かった。

＊

ちょうどその頃、夕暮れの幹線道路の歩道を、前と後ろに幼い子どもを乗せたママチャリが疾走していた。

だらだらと前を歩く女子高生をベルの連打と「邪魔邪魔邪魔ーっ」の一喝で脇《わき》にどかせて『マルオカ』に急ぐ、中年の母親――ショットガン・ホーンズ四人目のメンバー、キョーコだった。

4

駐輪場に自転車をとめたキョーコは、すぐさま子どもたちを自転車から降ろした。

「今日はお散歩なし、一人はカート、一人は抱っこ。時間ないからね。いい？」

色違いのパーカを羽織った二人の子どもは、きょとんとした顔でキョーコを見つめる。紺色のパーカが男の子、ピンクのパーカが女の子――二人とも同じぐらいの背丈で、顔立ちもよく似ている。

駐輪場の一角に店内用のショッピングカートが置いてある。小さな子どもを座らせるシートのついたカートを選んだ。いつものことだ。ただし、カートに座れるのは一人だけ。もう一人はキョーコが手を引いて歩かせるか、もしくは片手で抱っこするか。『お客さまの声』と銘打たれたカードは、いままで何度も出した。リクエストはすべて「二人用のシートのついた店内カートをつくってください」だったが、実現しそうな気配はかけらもない。こっちはケータイの番号も記しているのに、お店のサービスセンターからの連絡は一度もない。月日が流れて文太《ぶんた》と理香《りか》が自分で歩けるようになる、つまりタイムアップを狙《ねら》っている――それもあるだろうな、と認める。双子の幼い子どもを連れている母親は、お店にとっては「珍しい存在」で、つまり「少数派」で、もっと言うなら「ふつうではない家族」で、そういうものに対する世の中の冷たさや無関心については、いまさら目くじらを立てる気力もないほど思い知らされている。

今日も、カートに理香を座らせ、文太を右手で抱きかかえて、売り場に向かおうとした。

ところが、理香が「抱っこ！」とせがんで泣きだした。しかたなく理香を抱っこ、文太をカートに入れ替えると、今度は文太が「抱っこ抱っこ抱っこーっ！」と騒ぐ。

「……今日、時間ないって言ったよね、さっき」

もちろん、それを言っても二歳の子どもたちには通じない。通じなくても、一言言わずにはいられない。言うと自己嫌悪に陥る。絵に描いたような悪循環だ。

カートをあきらめて、二人を左右に分けて抱っこした。二人揃って手をつないで歩かせてもよかったが、それをしたら、売り場まで何分かかるかわからない。ゴールまで行き着けるかどうかも、はなはだ怪しい。とにかく今日は時間がないのだ。だからこそ、我が家から『マルオカ』まで必死で自転車を漕《こ》いだのだ。

もうすぐ『夕食交渉人チャワンが行く！』のロケが始まる。家事の合間にときどき聴くラジオ番組の中で、気になっていたコーナーだった。

リポーターの名前が気になる。彼女のハスキーな声も気になる。

いままでは「まさか……」で打ち消していた。まさかそんなはずがないでしょ——苦笑して、古い仲間のことを思いだしてしまう自分の湿っぽさにあきれて、ちょっと真剣に自分で自分を叱《しか》るときもあった。

だが、今日は違う。懐《なつ》かしい名前がさらに増えた。聞き間違いでなければ、確かにあれは古い仲間たち二人の名前だった。「まさか……」のあとにつづく言葉も微妙に変わる。まさか、あのチャワンって、ほんとうに——もうあきれない。自分で自分を叱ることもない。

「行くよ、バタバタしたらだめよ、服がずれておなかが出ちゃうし、落っこちちゃっても知らないからね」

子どもたちに言って、足早に歩きだす。途中から小走りに近くなってしまった。

店内放送の音楽が途切れ、アナウンスに変わった。

「お買い物中の皆さまにお知らせです！　あと五分で、当店一階『ふれあい広場』におきまして、ラジオの公開生中継が始まります。皆さまご存じ『中沢慎也の夕焼け小焼け』の人気コーナー『夕食交渉人チャワンが行く！』、本日は、当店、当店、当店が舞台です！　皆さま、どうぞ『ふれあい広場』にお集まりください！」

キョーコは子どもたちを強く抱き直し、「もっとしっかりつかまって！」と怒鳴るように言って、さらに足を速めた。

少し先に、並んで歩く中年の二人組がいた。男と女。ショッピングカートは押していなかった。歩き方がトロい。きょろきょろと周囲を見回して、「えーと、どこを曲がればいいんだっけ……」と道を探しているような足取りだった。

イチゲンさん――？

キョーコはムッとして、走りながら二人の背中をにらんだ。

夕方の混み合った時間帯にふらふら店内を歩くイチゲンさんは、『マルオカ』の店内を隅から隅まで知り尽くしているキョーコにとっては邪魔以外のなにものでもない。二人をかわして一本横の通路から広場に向かおうかとも思ったが、なんとなくそれも悔しいし、遠回りする時間も惜しい。最短コース――二人の真ん中に割って入り、一気に抜けることにした。

「すみませーん、失礼しまーす」

二人は驚いて振り向いた。

目が合った。

その瞬間、キョーコは「うそっ！」と短く叫び、あわてて足を止めた。だが、勢いのつきすぎた体はそのまま前のめりになってしまった。

危なかった。イチゲンさん二人が体を寄せて支えてくれなかったら、子どもたちも一緒に床に倒れ込んでしまうところだった。

イチゲンさん二人も驚いた顔をしていた。

「なんで……？」

アカネが言う。

「キョーコ……だよな……？」

ハクブンが言う。

キョーコはうわずった声で「やっぱり……さっきのラジオ、聞き間違いじゃなかったんだ……」と言って、右手でアカネを指差した。抱かれていた文太が落っこちそうになった。さらにキョーコは左手でハクブンを指差すものだから、今度は理香が落っこちそうになる。

旧姓・山本《やまもと》京子、いまは高野《たかの》――どちらにしてもキョーコは、そんなふうに物語のステージに呼び込まれたのだ。

＊

キョーコは四十四歳で子どもたちを産んだ。文太と理香は、ふたご――いま、二歳ということになる。

「ふたごっていっても二卵性だから、思いっきりそっくりっていう感じでもないんだけどね」

『ふれあい広場』を見わたす階段の踊り場に場所をとったキョーコは、ようやく一息ついた顔になって言った。

「でも……二人だと、大変だよね、いろいろ」

アカネが言うと、そりゃあもう、と大げさにため息をついて苦笑する。

結婚したのは三十三歳のときだったが、なかなか子どもを授からなかった。結婚四年目から始めた不妊治療が、四十歳を過ぎて、ようやく実った。

「正直言って、あと五年、せめて二、三年ぐらい早く妊娠してればよかったなあ、って思ってる」

「体力的に？」

「それもあるけど、ココロがね、一回切れちゃったわけだから……」

不妊治療を始めたばかりの頃は、子どもが欲しくてしかたなかった。だが、人生は思いどおりにはならない。そのタイミングでは結局妊娠できずに、夫婦だけで歩んでいく人生を現実のものとして受け入れようとしていた矢先に、懐妊——しかも二人も。

「もちろん、うれしいよ」

キョーコは、勘違いしないでね、と釘を刺すように言った。「やっぱりうれしいよ、ほんと、子どもはかわいいし、うん、幸せだと思う」――念を押している相手は、わたしやハクブンじゃないのかもしれないな、とアカネは思う。

「ゴツくなったでしょ、腕とか」

キョーコの言葉に、アカネはためらいながらもうなずいた。ショットガン・ホーンズでテナーサックスを吹いていた頃のキョーコは、背が高くてひょろりとしていた。吹奏楽部の仲間として出会った高校時代には、男子からゴボウだのロウソクだのメンボウだのと陰で言われていたのだ。

それが、すっかり変わった。体つきが太くなった。それも、脂肪がついて丸くなったというのではなく、もっと力強い肉の付き方だった。キョーコ自身の言葉どおり、確かにゴツい。たくましい。

「なにしろ二人でしょ。両手で一人を抱っこするわけにはいかないんだから、抱っこはいつも片手で一人。なにをするにも倍の力が要るわけ」

「うん、わかる」

「腕力だけじゃなくて、握力も、腹筋も、背筋も、たぶん肺活量も……」

そこまで言って、キョーコは懐かしそうに笑った。

「ショットガン・ホーンズの頃は、筋トレ、大嫌いだったんだけどね」

アカネとハクブンは顔を見合わせて苦笑した。キョーコはサックスプレーヤーとしてのセンスはバンドの中で一番だったが、地道な筋トレやブレスの練習は隙《すき》あらばサボろうとしていた。

「オトナにならなきゃわからないことって、いろいろあるんだね。この歳になって、ほんと、つくづくそう思う」

素直じゃん、とアカネは笑う。

「アカネのところは? 子どもさん、いるんでしょ?」

「ウチはこの四月から大学生」

「ハクブンのところは?」

「オレんちは、中学生と小学生」

「だよね……ふつうはそれくらいになってるよね。この子たちが大学に入る頃なんて、わたしは還暦過ぎてるんだよ。ダンナなんて三つ上だから、その頃にはとっくに定年退職してるんだもん」

キョーコは、また、ため息をついた。今度は冗談めかして大げさについたわけではなかったはずだが、さっきよりも長く尾を引くため息になった。

意外と弱気になったな、とハクブンはそっと目をそらす。

昔のキョーコは愚痴をこぼすような性格ではなかった。アカネに負けず劣らず気が強く、一度言い出したら止まらない。選曲にしても、アレンジにしても、演奏にしても、ステージアクションにしても、とにかくバンドが揉《も》める原因はたいがいアカネとキョーコの衝突だったのだ。

だが、いま、キョーコはアカネのことをあっさりと「うらやましいなあ」と認める。キヨシローの啓示でツアーに出たんだというアカネのワケのわからない説明がどこまで通じたかは知らないが、「そうだよね、大学生になったら、もう手なんてかからないもんね」と、そっちのほうで納得顔になってしまう。

それでも、子どものことは可《か》愛《わい》くてしかたないのだろう。最初は足元で遊ばせていた子ども二人を左右の腕で抱きかかえて、「理香ちゃんでーす、文太くんでーす」と紹介するときの笑顔は屈託がなかった。

文系と理系で、文太と理香——というのが公式の命名理由だった。

「でもね、わたしの中では違うの。理香のほうが先で、文太があと」

だってほら、と二人の羽織っているパーカの胸に縫いつけたイニシアルのワッペンを指差す。

理香&文太。

R&B。

昔と変わらないところも、もちろん、ある。

変わってしまったところも、ある。

まあ、そういうものだよな、人生って——。

ハクブンはまたキョーコから目をそらし、『ふれあい広場』を眺めた。

広場では、生中継の準備が進められている。若いディレクターが人垣を下げてスペースを確保して、音声マンが交渉相手の売り場スタッフにマイクをつける。

チャワンは、まだ控え室にいる。ラジオで声は聴いていても、姿を見るのは十数年ぶりになる。どこがどんなふうに変わらず、どこがどんなふうに変わってしまったのか。それを知るのが楽しみなような、不安なような……。

キョーコは『中沢慎也の夕焼け小焼け』を毎日聴いているらしい。レポーターの「チャワンさん」が昔の仲間のチャワンだというのは声と名前でなんとなく見当がついていたが、ハガキやメールを送って確かめる気にはならなかった、という。

「なんで？　あの子、絶対に喜んでくれたと思うよ」

アカネは不服そうに言ったが、キョーコは、「まあね、それはそうかもしれないけどね……」と曖昧《あいまい》に返すだけで、反論はしなかった。

「じゃあ、キョーコ、知ってる？　中沢慎也って、トーキョー・ラストエグジットのピケさんなんだよ」

「うん、そうじゃないかなって思ってた。声もすごく似てたし、あのひと、中沢っていう苗字《みょうじ》だったっていうの覚えてたし」

「なにそれ、そこまでわかってて、なんで知らん顔してるわけ？」

アカネは口をとがらせて、「わたしなんて、今日ラジオで聴いて、あわててメール送ったのに」とつづけた。

だが、ハクブンには、なにもしなかったキョーコの気持ちのほうがよくわかる。いままで動かなかったキョーコが、今日初めて、ショットガン・ホーンズの名前を聴いて、とるものもとりあえず家を飛び出してきた気持ちも、なんとなくわかるような気がする。

「ちょっと、ハクブン、あんたも黙ってないでさあ……」

いかにももどかしそうなアカネを苦笑いでなだめ、「昔の思い出って、そういうものだと思うけどなあ、オレも」と言った。

「そういうもの、って？」

「だから……懐かしいことは懐かしいんだけど、真正面からはちょっと向き合うのがキツいっていうか……ぜんぶ忘れるのは嫌だけど、記憶がきっちりありすぎるのも困るっていうか……」

うまく説明できたとは思わなかったが、キョーコは文太と理香を両腕で抱いたまま、うんうん、そうそう、とうなずいた。アカネも、半分スネた表情ではあっても、「まあ、わたしだってキヨシローが死んじゃうまではそうだったけどね……」と認めた。

話はそこで途切れ、そのタイミングを狙ったように、店内放送のマイクのハウリング音が響いた。

生中継がもうすぐ始まる。

チャワンがもうすぐ姿を見せる。

「あのさ……」

キョーコが、ぽつりと言った。

「メールの最後の言葉、あるでしょ」

いま、幸せですか――？

「アカネが考えたわけ？　それともハクブン？」

アカネは黙って自分を指差した。キョーコは、やっぱりね、とうなずいて、つづけた。

「あの言葉がなかったら、わたし、ここに来てなかったと思う」

『ふれあい広場』は大きな拍手と歓声に包まれた。なんで——と聞き返すアカネの声は、それにかき消されてキョーコには届かなかった。

チャワンが広場に入ってくる。

「太った？」とアカネが言った。

「でも、思ったほど変わってない感じだな」とハクブンが言った。

「元気そうだね」とキョーコが言った。

まだチャワンは階段の踊り場にいる三人には気づいていない様子だった。

「ね、手でも振ってみる？」

張り切るアカネを、「仕事中なんだから、いまは邪魔しないほうがいいよ」とキョーコが制した。「だってロケなんだから、応援のコールぐらいしてあげたほうが盛り上がるでしょ」「こっちは半分関係者なんだから」「いいじゃん、アットホームで」「迷惑だって、絶対に」……そうそう、この二人はこんなふうにしょっちゅう言い合ってたんだよな、とハクブンは苦笑交じりに肩をすくめた。

変わってしまったところと変わらないところとの境界線は、きれいにまっすぐ引かれているわけではない。まるで海岸に打ち寄せる波のように揺れ動く。

とにかく、チャワンは元気そうだった。『マルオカ』の売り場の担当者とのやり取りもいかにも楽しそうで、ときどき広場がどっと沸く。キョーコの言うとおり、さすがに生中継の本番中に声をかけたり手を振ったりすることは控えたが、チャワンを見ていると、自然とハクブンの頬もゆるんでくる。

昔からそうだった。ハスキーボイスで冗談ばかり言うチャワンは、バンドの潤滑油の役回りだった。バリトンサックスの音はちょっと物足りなかったが、小柄でコロコロした体型で大きなサックスを吹いていると、それだけで、ステージにはなんともいえないなごんだ空気が漂う。これでバク転でも決めれば、ブルース・ブラザーズのジョン・ベルーシになるのだが……大学生の頃は、かなり真剣にそのワザを考えてたっけな、あいつ……。

総菜の値引き交渉を終えたチャワンが「皆さーん、二割引まで行きましたー！」と広場を埋めた買い物客に報告すると、買い物客は声をそろえて「まだまだー！」と返す。

「では、三割引を目指して、チャワン、ねばりまーす！　二階の皆さん、三階の皆さんも、応援よろしくお願いしまーす!」

チャワンは吹き抜けを見上げて、声を張り上げた。

階段の踊り場にいるハクブンたちに気づいた。

間違いない。目が合った。確かに、三人に気づいた。ハクブンも、アカネも、キョーコも、思わず手を振った。それもちゃんと見えているはずだった。

だが、チャワンは、三人からスッと目をそらした。その前に一瞬、顔がこわばったようにも見えた。

＊

それきり、チャワンは階段のほうには目をやらなかった。

そして、中継が終わると、そそくさと——逃げるように広場から立ち去ってしまった。

5

「なにアレ、信じられない。どういうことなの、なに考えてんの、あの子」

『マルオカ』の立体駐車場に向かうまでも、車に乗り込んでからも、キョーコは憤懣《ふんまん》やるかたない様子だった。

その気持ちは、まあまあ、となだめるハクブンにもわかる。「確信犯だよね、だって目は合ったんだもん。でも、すぐにそらしちゃってさ。最初から逃げるつもりだったんだよ、絶対に」と頬をふくらませるアカネには、もっとわかっているだろう。

「ね、そうだよね、わたしとかアカネとかがわざわざ来てるのを、ちゃーんとわかってて、それでも帰っちゃったんだよね」「『それでも』っていうより、『だから』なんじゃない？　わたしたちがいたから帰ったんだよ」「ひどくない？　それって」「ひどいに決まってるじゃない」「仕事が忙しいっていっても、ちょっと立ち話するぐらい時間あるでしょ」「あるあるある」「今日は都合悪いけど今度またね、って言うだけでもいいんだから」「そうそうそうそう」……。

アカネとキョーコの掛け合いを、ハクブンは懐かしさあふれる苦笑いで聞いた。ケンカばかりしていたあの頃の二人も、なにかに文句をつけるときだけは気の合う相棒になっていたのだ。

そして――。

「ちょっと、ハクブン。あんたも黙ってないでなんとか言いなさいよ」

ハンドルを握るアカネに横からにらまれ、セカンドシートから身を乗り出してきたキョーコにも「アタマ来るでしょ？　あんただって」と言われた。

そうだ、昔からこの二人は、強気なのか弱気なのかわからないところがあって、こういうときにはいつも同意する味方を増やしたがっていたのだ。

「チャワンにも事情があるんだと思うけどなあ……」

遠慮がちに言うと、間髪容《い》れずに「そんなのわかってるわよ！」「その事情をわたしたちに教えないってことがイヤなの！」と撥《は》ねつけられた。

やれやれ、とハクブンは肩をすくめる。昔の仲間の友情に、おばさんならではのおせっかいが加わっているのだろう。

車は立体駐車場のスロープを降りきって地上に出た。

「アカネ、悪いけど、そこで停めて、ちょっと待っててくれる？　自転車持ってくるから」

サードシートを上げて、自転車を載せるスペースをつくる力仕事も、もちろん——ハクブンの役目なのだろう。

キョーコは一人で車を降りようとしたが、隣に座った理香と文太は「ママ、ママ、ママ、やだ、やだ、やだ……」と声を揃《そろ》えてぐずりはじめた。しかたなく二人の子どもを両手で抱きかかえて、「こういうのがぜんぶ倍だからキツいのよ」と苦笑する。

「まあいいじゃない、甘えてきてもらえるうちが幸せなんだから」

アカネの言葉には実感がこもっている。そうだよなあ、とうなずくハクブンも、生意気盛りでだんだん親と口をきかなくなってきた子どもたちの顔をふと思いだした。

だが、キョーコは、腕からずり落ちそうになった子どもたちを抱え直しながら、言った。

「じゃあ、わたしは誰に甘えればいいんだろうね」

苦笑いの顔のままだった。

冗談めかした口調でもあったし、なんてね、と背中を向けて歩きだす足取りも軽かった。

だから。

本音なんだな、とハクブンもアカネも気づいた。

＊

中継車が局に戻るまで、チャワンはイヤフォンで音楽を聴きながら、暮れた窓の外をずっと見つめていた。

いつもなら生中継を無事に終えた解放感で、スタッフと一緒に他愛のないおしゃべりに興じるところだが、今日はとてもそんな気にはなれない。長い付き合いの井上ドライバーや音声担当の三浦はもとより、よけいな口数だけは多い本間ディレクターでさえ、ふだんとは違うチャワンの雰囲気を察して黙り込んでいた。

チャワンが聴いているのは、ウィルソン・ピケット――それって逆効果じゃないかなあ、と自分でも思いながら、惹《ひ》き寄せられるようにベストアルバムを検索していた。『アイム・イン・ラヴ』『エヴリバディ・ニーズ・サムバディ・トゥ・ラヴ』『イン・ザ・ミッドナイト・アワー』『634―5789』『ダンス天国』『コール、クック&レディング』……そして、『ムスタング・サリー』。

不思議だった。お気に入りの『ムスタング・サリー』よりも、いまは『コール、クック&レディング』のほうが胸に染《し》みる。

若くして世を去ったナット・キング・コールとサム・クック、オーティス・レディングの三人に捧げた曲だ。ワガママで傲岸不遜《ごうがんふそん》な人柄で有名だったピケットが、珍しく、というより唯一《ゆいいつ》、音楽を通じた友に対して素直で謙虚な感謝と追悼《ついとう》の思いを込めて、切々と歌い上げている。

ホーンで煽《あお》り立てるタイプの曲ではないので、ショットガン・ホーンズのレパートリーには入っていなかった。トーキョー・ラストエグジットはどうだっただろう。よく覚えていない。ただ、たとえ譜面を完璧《かんぺき》にコピーできていたとしても、ハタチやそこらの若造がステージで演《や》ってはならない曲なのだと、いまは思う。

車は高速道路の入口を通り過ぎて、渋滞につかまった。

生中継が終わるまでは番組は全力でバックアップしてくれるが、仕事が終わってしまうと、とにかく経費節減を合言葉に、たかだか七百円の高速料金すら出してくれない。三月の決算で問題になった広告収入の大幅な落ち込みは、この四半期もつづいて……いや、さらに悪化しているらしい。広告媒体としてのＡＭラジオは、やはり、もう時代遅れのものになってしまっているのだろう。

編成局では十月にも大幅な番組改編を考えているらしい。十月を待ちきれずに七月から動かすんじゃないか、という噂《うわさ》もある。聴取率が安定している『中沢慎也の夕焼け小焼け』が打ち切りになることはないはずだが、いまの構成がいつまでつづけられるかはわからない。経費のかかる生中継をやめて、スタジオゲストやリスナープレゼントを充実させたほうがいい、という意見が出てくることも大いにありうるのだ。

もしも生中継のコーナーがなくなれば、チャワンはお役御免になる。またいままでどおり、総務課の小嶋美由紀に戻って……。

ため息をついたとき、手に持っていた携帯電話が光った。

メール着信——それも、イルミネーションが青く灯《とも》る設定にしている相手は一人しかいない。

チャワンはもう一度ため息をつき、さらに大きく息を吸い込んで、吐き出しかけた息を喉《のど》の奥で止めた。自然とおなかに力が入る。覚悟が決まる、と言い換えてもいい。

メールを開いた。

〈１０〉——数字が二文字。

〈後〉——漢字が一文字。

合計三文字だけのメールだった。

差出人の名前も、チャワンが電話機に登録しておいた〈P〉の一文字。

それだけでわかる。

今夜十時、夕食後に、チャワンのマンションを訪ねる、という内容だ。

返信なしでメールを削除した。よほどのことがないかぎり返信はしない、というのが取り決めだった。

「削除したデータって意外と簡単に復元できるみたいだし、万が一のこともあるからさ、頼むよ、オレのほうにはメール送らないでくれよな」——スタジオでマイクに向かうときのにこやかさが嘘《うそ》のような、気弱そうな顔が浮かぶ。目の前の自分に申し訳なさを感じているからではなく、ただひたすら奥さんが怖いからだ、とチャワンはわかっている。わかっているから、「だいじょうぶ、心配しないで」と微笑《ほほえ》んでうなずく。いつもそうだった。だが、少しずつ、それに疲れてきた。

携帯電話を閉じると、それを待っていたように、助手席の本間が振り向いた。チャワンは音楽を停め、イヤフォンをはずす間に急いで気を取り直して、「なに？」と訊いた。

「あの……タイ焼き、もう一個あるんすけど、食べますか？」

せっかく立て直した気持ちが、あっさりと折れた。さっきとは違う種類のため息が漏れた。だが、あまりにものんきすぎると、かえって肩の力が抜けて楽になる。

「うん、もらう」

苦笑交じりに手を伸ばした。

「冷めちゃってるんすけど……」

「だいじょうぶだいじょうぶ」

タイ焼きを受け取って、すぐに頬張った。アンコの甘さが、熱さに紛れないぶん、しっかりと舌に染みていく。

まだこっちを見ている本間に、美味《おい》しいよ、と指でＯＫマークをつくって応《こた》えると、本間はホッとした顔になってつづけた。

「甘いものって元気が出るんすよね」

ウンチクにも至らないレベルのことを、妙にしみじみと言う。それくらい知ってるよ、とタイ焼きを呑み込みながらチャワンがうなずくと、本間は珍しく真剣な顔で、さらにつづけた。

「あの、オレ……あとで安田さんに言いますから」

「え？」

「ほら、さっきのメール、ああいう個人的なメールって、やっぱりオンエアで読むのっておかしいっすよ」

中継帰りの車の中で、本間が自分から仕事の話をするのも、じつを言うと、まったくもって珍しいことだった。

「……リスナーさんに違和感あったかなあ、やっぱり」

「っていうか、チャワンさんっすよ」

「わたし？」

「そうっす。さっきの中継、ぶっちゃけ、調子悪かったっす。テレビじゃないから問題ないっちゃあ問題ないかもしれないんすけど、ずーっと目が泳いでて、なんか、集中できてないなって感じだったんすよ」

チャワンの隣に座った三浦も小さくうなずいて、「やり取りのテンポもちょっとモタってたな」と言った。「声にも落ち着きがなかったし」

本間はともかく、ベテランの三浦にそう言われてしまうと、チャワンとしても「すみません……」と肩をすぼめるしかなかった。

「アカネっていうひととハクブンっていうひと、ほんとにチャワンさんの友だちなんすか？」

「うん……昔の、友だち」

「ショットガン・ホーンズってなんなんですか？」

すべてを話すつもりはなかったが、すべてを黙っておくわけにもいかない。

「大学時代のサークルの名前」

「へえーっ、なんのサークルだったんすか？」

「ま、いろいろね。遊ぶことだったら、なんでもありだったから」

ごめん——あの頃の自分に心の中で謝った。

「ナンパ系っすか？　意外っすねえ」

チャワンは黙ってタイ焼きをもう一口かじった。ほんとうにごめん——あの頃の自分と、仲間たちに、謝った。

「で、来てたんですか？　さっきの現場に」

タイ焼きが口の中に入っているうちに、わざと、もごもごとした声で「いなかった」と言った。「探してたから、目がきょろきょろしてたんだよ」

「あのメールだと、絶対に来るっていう感じだったんすけどねえ」

「場所がわからなかったか、間に合わなかったか、どっちにしても、ほんと、いなかったんだから」

「そっすか……」

本間は微妙に納得していない様子でうなずき、三浦をちらりと見てから、またチャワンに向き直った。

「オレ、てっきり、友だちが来てたから調子が悪くなったんだと思ってたんすよ。最初からちょっとテンポは良くなかったんすけど、途中の……中継始まって二、三分たったあたりから、メロメロになっちゃってたんで、友だちが来てるのを見つけたのかな、って思ってたんすよねえ……」

三浦は黙ったままだった。若造が知ったふうなことを言うのをなにより嫌う職人気質《かたぎ》の三浦が本間を叱らないということは、やはり、声にはっきりと違いが出ていたのだろう。

それでも、言い張るしかない。

「いなかったの、とにかく」

「でも……」

「わたしが『いなかった』って言ってるんだから、それで決まりでしょ？」

「それはそうっすけどねえ……」

車は渋滞につかまったまま、さっきからほとんど前に進んでいない。

本間がさらになにか言いかけるのをさえぎって、「悪いけど、適当なところで停めてくれる？」と井上ドライバーに声をかけた。

そして本間にも、「ごめん、本間くんが見抜いたの、やっぱり正解だわ」と言った。

「さっきから頭が痛かったの、ずっと」

「マジっすか？　熱とか、だいじょうぶっすか？」

「うん……どんどん痛くなってる。電車のほうが速そうだから、ごめん、このまま局に寄らずに直帰しちゃうね」

おでこに手をあてて息苦しそうにすると、本間はあわてて「仕事のほうはぜんぜん平気っすから、そんなの気にしないでいいっすよ」と言った。のんきで単純なところが、こういうときには助かる。

　車は路肩寄りの車線に移って停まった。井上がカーナビで最寄り駅を検索してくれた。ここからだと、数分も歩けば私鉄の駅に着く。

　本間が「じゃあ、そこまで車で回りますよ」と言うのを断って、一人で車を降りた。歩きだしてから、食べかけのタイ焼きを手に持っていることを思いだした。

　やれやれ、と歩きながらかじる。アンコの甘さはあいかわらずでも、少しずつ、そこにほろ苦さが交じってきたような気もする。

　大通りからはずれて、こぢんまりとした駅前商店街に差しかかったとき、またメールが着信した。青のイルミネーションだった。

〈変更9〉――約束の時間が夜九時に早まった。いまは七時過ぎだから、マンションに帰り着くのがぎりぎりになってしまう。部屋の掃除はあきらめた。せめてシャワーを浴びたかったが、それも、たぶん無理だろう。

　勝手に早めないでよ、と言いたい。それ以前に、今夜は一人で過ごしたい、とも思う。

　だが、チャワンは黙ってメールを削除した。一方的な時間変更を受け容れた。〈P〉

が並んだメールの着信記録も、まとめて消した。

ピケの〈P〉——二人だけの暗号だった。

中沢慎也がかつて「ピケ」だったことは、番組のスタッフも、チャワンの友人や同僚も、そして中沢慎也の妻も、知らない。

そんなささやかな秘密を共有しているだけでも、以前はうれしかった。

いまは違う。ずっと昔に捨てていたはずの名前がよみがえってしまったことがそもそも間違いなんだ、という気がしてしかたない。

それでも、チャワンにはわかる。足取りが重いのは地下鉄の駅から地上に出るまでで、そこからマンションまでは、自然と足早になってしまうのだ。途中でデリカテッセンに寄ってワインに合いそうな総菜を見つくろうときには、微笑みが浮かんでいるのだ。マンションに帰ると、胸をどきどきさせてチャイムが鳴るのを待つだろう。ドアを開けて、満面の笑みで中沢を迎えるだろう。終電までの短い時間を名づけるなら、やはり、「幸せ」以外の言葉は浮かんでこないだろう……。

『中沢慎也の朝焼け一番』が始まって局に通うようになった中沢とばったり再会して十年、懐かしい知り合いから、関係が男と女のものに変わって七年が過ぎた。

再会のときに三十六歳だったチャワンは、四十六歳になった。

だが、「カミさんとはほとんど家庭内別居だから」と七年前に言っていた中沢慎也は、いまもまだ、妻と離婚していない。

メールが来た。

本間からだった。

〈懐かしくても会いたくないときって、ありますよね。わかります。今夜は温かくして早く寝て、明日からまたよろしくお願いします！〉

やっぱり見抜かれてたんだな、とため息が漏れる。

生意気なおせっかいに腹を立てるべきなのだろうか。多少なりとも気配りができるようになったことを素直に喜んだほうがいいのだろうか。

ただ、違うよ、と心の中でつぶやいた。あんたの言ってること、逆だから、と苦笑した。

会いたくなくても懐かしい。

わたしとアカネたちは、こっちなんだよ――。

6

中沢慎也は少し酒に酔っていた。それも、あまりいい酔い方ではない。チャワンの部屋に入るなり上着を床に脱ぎ捨て、乱暴にソファーに座るのと同時に、くそったれ、とつぶやく。

チャワンは黙って、床に落ちた上着を拾い、ハンガーに掛けた。どうしたの？とは訊《き》かない。長い付き合いだ。中沢の性格は嫌になるぐらいよくわかっている——そう、嫌になるほど。

たとえチャワンが訊いても、答えたくないときには「おまえには関係ない」と冷たく言い放つだけだし、逆に自分が話したいときには、こっちの都合などおかまいなしに「おい、メシはあとでいいから、ちょっと聞いてくれよ」とソファーに座らせる。なにも話したくないほど落ち込んだり、逆に、どんなに話しても寂しさを埋められないときには、チャワンを荒々しく抱き寄せる。ベッドに向かうときはまだいい。それすら許されずにリビングやキッチンでそのまま、の夜も少なくない。レイプまがいの荒々しさで抱かれるときもあれば、思いだすのも恥ずかしい戯《たわむ》れを命じられるときもある。「愛してる」と言ってもらったことは――最近、一度もない。

今夜の中沢は、話を聞かせたがっていた。ソファーに腰を落ち着ける間もなく立ち上がり、キッチンに入ってきた。サラダの盛り付けをしているところだったチャワンに、「これ、おみやげ」と小ぶりの紙袋を差し出してきたのだ。

「めずらしいじゃない」

振り向いて笑うと、「向こうが持ってきただけだ」とそっけなく返し、それでも立ち去りがたそうに冷蔵庫のドアを開ける。

袋の中には菓子折が入っていた。ただし、都心の名の通った和菓子屋のものではない。駅の売店で売っているような安っぽい饅頭《まんじゅう》だった。

「新潟の……どこだったかな、山のほうなんだけど、そこの名物なんだってさ、その饅頭」

中沢は嘲《あざけ》るように言いながら冷蔵庫の中を覗《のぞ》き込み、ビールぐらい冷やしとけよ、と舌打ち交じりにつぶやいて、ドアを閉めた。

「……ごめんなさい」

素直に謝る。言い訳はしない。先週同じようにマンションを訪ねてきたときには、ビールを出すと「おまえ、俺を痛風にするつもりか？　尿酸値高いんだから、少しは考えろよ」と叱られたばかりなのだが、それも、もちろん、言わない。

「新潟のひとと会ってきたの？」

「会わされたんだ。高山がどうしてもって言うから」

それでわかった。営業部長の高山は『中沢慎也の夕焼け小焼け』を担当している。番組にスポンサーをつけたり、番組内のプレゼントコーナーに商品を提供してもらったりする仕事だ。その高山の仕切りということは、今夜はスポンサー筋への接待だったのだろう。

「疲れたよ、ほんと……」

中沢はため息交じりにつぶやいて、棚からウイスキーとショットグラスを出してリビングに戻る。

「氷、すぐに出すから」

「いい、要らない」

ストレートは体に悪いから、なにより大切な喉を痛めるから……言いたいことはいくつもあったが、すべて呑み込むしかなかった。白ワインはワインクーラーに入れてあるし、赤ワインはデキャンタージュしてある。中沢も気づいていたはずだ。それでもあえて、ウイスキーを選んだ。ワインの甘い香りとともに過ごす時間ではなく、煙った香りのウイスキーをストレートであおって喉と胃を痛めつける、そんな時間を選んだのだ。

リビングでも、中沢は食事にはほとんど手をつけず、ウイスキーをいらだたしげにあおりながら話しつづけた。

今夜の接待相手は、新潟の山間部にある温泉街の旅館組合の面々だった。梅雨時の閑散期の対策として、『中沢慎也の夕焼け小焼け』と組んで、リスナープレゼント用に無料宿泊券を十枚提供することになったのだ。番組の中で中沢に温泉の名前を連呼させ、料理の美味《うま》さや露天風呂《ぶろ》の趣をＰＲさせることで、無料宿泊券の元を取る、という目論見《もくろみ》だった。

中沢は、出かけたこともない温泉の魅力を舌先三寸でリスナーに伝え、応募をつのらなければならない。最低でも五百通の応募がないと、先方にとってもＰＲ効果はなかったということになってしまい、営業部が狙《ねら》っている夏休み中の無料宿泊券プレゼントはおぼつかない。

「情けないぐらい小さな商いだよな。接待の店だって、見た目だけ割烹《かっぽう》でも、出すものは居酒屋レベルだよ。なんであんなところでメシ食わなきゃいけないかと思うと、ほんと、情けなくて、笑うしかないよ。中沢慎也もここまで落ちたか、ってな……」

実際に笑った。つまらなそうに、けだるそうに、そして自分を哀れむように。チャワンは黙って相槌《あいづち》を打つだけで、なにも言葉を挟まない。よけいなことを言うと、たちまち機嫌が悪くなる。最近急に酒癖が悪くなった。そもそも酒が弱くなった。パーソナリティーという仕事柄、人前では快活にふるまっていても、こうして二人きりでいると、四十九歳という年齢よりずっと老《ふ》け込んで見えるときも、ある。

「ラジオも、もう未来はないよな。インターネットと融合してデジタルコンテンツをどうしたこうしたなんて……笑わせるな。吸収されるだけなんだよ。インターネットの音声コンテンツ部門、それだけだろ、俺たちの居場所なんて」

ウイスキーをグラスにどぼどぼと注ぐ。上体が揺れる。今夜はベッドに向かうことはなさそうだな、とチャワンは思う。失望や落胆は、ほんのわずかだけ、ある。だが、しらふでベッドに入ってもうまくいかない夜も、この一年ほどの間に増えてきた。それを思うと、中沢のプライドがこれ以上傷つかずにすんだことを、いまは素直に喜ぶべきかもしれない。

中沢の愚痴はつづいた。

「昔だったら、こっちが接待される側だよ。ウチの新人を番組に呼んでください、新曲をヘビーローテしてください、って……みんな頭下げてたんだけどなあ。いまはもう、ラジオ担当なんて誰もやりたがらないってさ」

　ラジオ業界の景気の悪さをどんなに並べ立てても、結局は、そんな斜陽の業界でしか生きられない自分の不甲斐《ふがい》なさに至ってしまうのだが、そのことには決して触れない。

　ラジオでレギュラーの番組を持っていても、中沢はフリーランスなので、どんな仕事でも受けられる——オファーさえあれば。

　テレビからは、もとの事務所から移籍して声優とナレーター以外の仕事に進出した直後は、それなりに声がかかっていたものの、そこでブレイクできなかったのがたたって、新規の仕事はもう何年も入っていない。企業のパーティーやイベントの司会も、めったに声がかからなくなった。ラジオではそれなりの人気があっても、テレビとは違って「顔」が売れていないし、なまじ看板番組を持っているぶん、ギャラや仕事のランクを下げるわけにもいかず、それでますます声がかからなくなってしまうのだ。

　いまは、まだいい。どんなに狭い世界でも、どんなに不景気の業界でも、「中沢慎也」の名前は通っている。それだけで十分じゃないかとチャワンは思うのだが、中沢は違う。

　テレビに出ていた過去をただひたすら懐《なつ》かしみ、いつかラジオのレギュラー番組をも失ってしまうかもしれない未来にただおびえている。

「なあ、俺の人生はもう、下り坂になってるんだよなあ。そりゃそうだよなあ、五十が近いんだ。もう、人生のピークは過ぎてて、あとは落ちていくだけってことだよな」

　そんなことない、と励ますと、逆に怒りだす。それを知っているから、チャワンはなにも言わない。

　そうだよね、と認めると、もっと激しく怒ってしまう。だから、チャワンはただ黙って話を聞くしかない。

　中沢は、そんな弱音を家族の前では決して吐かない。

　中沢が結婚したのは、声優のプロダクションに所属している頃だった。もっと大きな世界で勝負したくて事務所を移るときには妻の反対を押し切った。人生を賭《か》けた勝負に、なにがあっても負けるわけにはいかない、と妻のためにも誓っていた。実際、移籍後の二、三年は仕事も好調で、前途は洋々としていた。どうだ、これが俺の力なんだ、と自信に満ちあふれた姿を妻に見せることができた。だからこそ、下り坂の日々を生きるいまも、負けを認められない。弱い自分を妻には見せられない。妻の前では、強いままの自分でいたい。

「男ってバカだろ？　自分で自分をどんどん窮屈にして、追い込んでいくんだ。中高年の自殺って、圧倒的に男のほうが多いんだ。バカなんだよ、見栄《みえ》っ張りなんだよ、俺たちは。わかってるんだ、ほんと、ちゃーんとわかってるんだよ……」

ということも、妻には言わないのだ。

愚痴は、やがて、同業者の悪口に変わった。タレント司会者として売れっ子になった連中のことは「ヒットした番組に当たれば、誰だって生き残れる。運が良かっただけだ」と冷ややかに言い、名前を聞かなくなった連中については「知ってるか？　あいつ、披露宴の司会までやってるんだぞ。あそこまで落ちぶれたくはないよなあ」と、もっと冷ややかに言う。

聞きたくない。

虚勢を張りつづける中沢の姿を、これ以上見たくない。

それでも、中沢がそんな姿を見せられる相手は世界中で自分だけなんだと思うと、なにも言えなくなる。このひとが素直になれるのはわたしの前だけなんだから——そう言い聞かせることで、ぎりぎりのところで保っていられるものが、ある。

その正体はわからない。わからないままにしておきたい。

話が途切れたタイミングをねらって、わざと軽く、目もそらして、「今日びっくりしちゃったね」と言った。

返事はなかったが、かまわずつづけた。

「アカネとハクブン、いまでも会ってるとは思わなかったなあ」

中沢が「やめろ」と言えばすぐにやめるつもりだった。だが、中沢は黙ってウイスキーをすするだけだった。酒を飲むピッチが変わった。表情がどうなっているかは、確かめる勇気がなかった。

「でも、最後のメッセージ、けっこうキツかった……軽い挨拶《あいさつ》みたいなものだって頭ではわかってるんだけど、やっぱり、ちょっとね……」

ため息をつくと、それを引き取るように中沢が口を開いた。

「いま、幸せですか……だよな」

「そう」

チャワンはうなずいて、「あなたはどう思った？」と訊いた。

「なにが？」

「あのメール……」

そこでいったん言葉を切って、あえて、昔の呼び方でつづけた。

「ピケさんは、どう思ったの？」

「べつに……懐かしかっただけだよ」

「トーキョー・ラストエグジットの名前、なんで出したの？」

中沢は少し間をおいてから、「なんでなんだろうな」と短く笑った。

「アカネたちに教えたかったの？　中沢慎也がピケだったこと」

答えてくれなかった。

だから、たぶん——正解。

「今日の生中継の場所も、アカネに教えたくて、あんなふうにヘンな訊き方したんでしょ？」

返事はない。

だから、今度もたぶん——正解。

「来たよ。アカネもハクブンも、あと、キョーコも」

「……会ったのか？」

「会わなかった」

中沢は、そうか、とうなずくだけで、理由は訊いてこなかった。

代わりに、放送では読まなかったメールの文面を教えてくれた。

「アカネは俺のことも覚えてくれてたよ。俺っていうより、ピケなんだけど。『チャワン』の名付け親だっていうのも覚えてた」

口調が、さっきまでの投げやりなものに戻ってしまった。

ウイスキーのグラスを口に運ぶしぐさも、また荒々しくなった。

「メールはもう削除したけど、プリントアウトなら持ってるぞ。アカネのアドレス、それを見ればわかるだろ。どうする？　渡そうか？」

チャワンがどう答えるか、最初から見抜いているような訊き方だった。

そして、チャワンも、そのとおりに首を横に振った。

沈黙が訪れる。

チャワンは手つかずのまま冷めてしまった肉の皿を下げ、干からびてしまったチーズの皿も下げる。

中沢はウイスキーを飲みつづける。

沈黙には二種類あるんだな、とチャワンは最近よく思うようになった。

満たされた沈黙と空っぽの沈黙――。

昔の沈黙は、二人でいられる幸せに満ちていた。言葉が邪魔になる。音楽も要らない。よけいなものが入り込むとひび割れてしまいそうにもろくても、そこには確かに幸せがあった。

いまは違う。静けさの中にはなにも溶けていない。それを埋めるものも見つからない。いや、そもそも、沈黙を埋めなければならないという思いすら消えうせている。

チャワン、いま、幸せですか――？

アカネのメールの言葉が、もう二十年以上も聞いていないアカネ自身の声でよみがえってくる。

別の訊き方をしてくれればよかった。

チャワン、昔は幸せでしたか――？

これなら、うなずくことができる。

幸せだった。

再会した頃の中沢は、まだ坂を上っていた。『朝焼け一番』の評判は上々だったし、テレビからのオファーも、殺到というほどではなくても、コンスタントに入っていた。中沢は自信とやる気に満ちていて、男としても若く、たくましかった。

そんな中沢が、なぜ、自分のような見栄《みば》えのしない女を選んだのか——。

昔も、いまも、ときどき考える。

昔は、「愛」という言葉を、少しためらいながらも心の中でつかうことができた。妻と離婚をする、という紋切り型の言葉も素直に受け容《い》れていた。

だが、中沢がテレビで通用しなくなった頃には、その考えが変わった。

中沢は、人生を賭けた勝負に勝ったことの手応えが欲しかったのかもしれない。男の甲斐性として愛人の一人や二人はいなければ……と考えたのかもしれない。そのときにいちばん面倒がなく割り切って付き合える相手として選ばれただけだったのかもしれない。だから、勝負の行方が怪しくなるにつれて、中沢の態度はそっけなくなっていった。妻と離婚をするつもりだという一言が、しだいに、将来の約束ではなく、むしろ免罪符として聞こえてくるようにもなっていた。

別れるタイミングがあるなら、そこだった。捨てられた、という形でもよかった。いまなら思う。

だが、そのタイミングをずるずると延ばしてしまったまま、いま、中沢がここに来る理由は、愛でもなければ自己満足でもなくなった。

弱音を吐きに来る。泣き言をぶつけるために来る。屈折したストレスを解消するための戯れとして体をむさぼる。それ以上でも以下でもない。妻との離婚は、いまでも思いだしたように口にする。だが、もう、チャワンは本気にはしていない。

それでも、中沢と過ごす時間は「幸せ」なのだ。誰がなんと言おうと、それだけは譲れない。四十六歳。もうやり直しは利《き》かない。人生が下り坂にさしかかったのは中沢だけではない。

だからこそ、いまのこのひとときを「幸せ」と呼ばなければ、自分が哀れになってしまう。

チャワン、これから幸せになれそうですか――？

アカネの問いが変わる。

いちばんつらい訊き方になった。

洗い物を終えてリビングに戻り、ソファーでうたた寝をしていた中沢を揺り起こした。

いつもなら「そろそろ終電だよ」と声をかけて、そそくさと家路につく中沢をつくり笑いで見送る。

だが、中沢が眠たげな目をうっすらと開けると、チャワンの口からは自分でも思いがけない言葉が出た。

「ねえ……今夜は泊まっていって」

中沢は目元をこすりながら、「うん？」と聞き返す。まだ半分眠っているのかもしれない。

チャワンは、クスッと笑った。

なぜ微笑みが浮かんだかは、自分でもわからない。

ただ、つづけて口にした言葉には、はっきりとした意志が宿った。

「帰らないで」

第四章　ホールド・オン、アイム・カミング

1

玄関のドアを開ける間際《まぎわ》、キョーコはふと思いだしたようにアカネとハクブンを振り向いて、「散らかってるけど、ごめんね」と言った。

軽い言い方だった。笑顔でもあった。二人も、ただの挨拶《あいさつ》のようなものだと受け止めて、笑って返した。

「ウチだってひどいものよ」

「突然お邪魔するほうが悪いんだし」

だが、リビングに足を一歩踏み入れた瞬間、その笑顔が固まった。

キョーコは挨拶の決まり文句を言ったわけでも、謙遜《けんそん》してそう言ったわけでもなかった。むしろ逆――これを「散らかっている」ですませてしまうのか、とあきれはてるしかない。

服や古新聞や折り込みチラシのたぐいが床を埋めて、文字どおり足の踏み場もない。テーブルの上も、食べかけのスナック菓子の袋に、中身が残ったジュースのペットボトルが数本、さらに空になったカップラーメンやコンビニ弁当の容器で埋め尽くされている。

戸口に立ちつくす二人を残して、キョーコはさっさとリビングに入り、いかにもおざなりに服や古新聞をどかして、とりあえず三人が座れる場所を空けた。片づけたのではない。ただ落ちている場所を移しただけだ。

「言っとくけど、汚れ物の服じゃないからね。洗濯して、ベランダで干して、タンスにしまうのが面倒だから、ちょっとここに置いてるだけ。まあ、究極のウォークインクローゼットってわけ」

ハクブンはぎごちなく笑い返したが、アカネはあきれはてた顔のまま、ため息をついた。

「今日たまたま、って感じじゃないみたいだね」

キョーコは悪びれた様子もなく「うん」とうなずいて、ダイニングキッチンに向かった。子どもたちもすっかり慣れているのだろう、服や古新聞の隙間《すきま》を縫うように小走りでキョーコのあとを追う。

　アカネとハクブンは顔を見合わせ、ためらいながらリビングに入った。

「悪いけど、子どもたちのごはんだけ、先にこっちですませちゃうね」

　キョーコは冷蔵庫を開けながら言う。「二歳児が二人もいると、ほんと、ごはんの時間は戦場みたいなものだから」——そう言うそばから、文太と理香は口々に「ごはんごはんごはん！」「おなかすいたすいたすいた！」と訴え、床をドンドンと踏み鳴らす。

「ビールでも飲んで待ってて」

　冷蔵庫から取り出した缶ビールを二本、リビングに持ってきた。

　ハクブンは「悪いな、ほんと、オレたちのことは気にしないでいいから」と恐縮しながら受け取り、二本ともアカネの前に置いて、車はオレが運転するよ、と小声で言ったが、アカネは黙って、不機嫌そうにそっぽを向いた。

「おとなのごはんは、お寿司《すし》かピザでも取ろうか」

　ハクブンはいっそう恐縮して、「いいって、そんなの、ほんと……」と顔の前で手を横に振る。

「でも、なんにもないの。今夜のごはんはカレーだけど、子ども用だから辛くないし、お酒に全然合わないし」

アカネはテーブルにあったスナック菓子に手を伸ばしながら、ぼそっとした声で「これでいい」とだけ言った。

「湿気《しけ》ってるかもよ」

「口の中はどうせ湿気てるんだから」

「おなかこわしたりするようなものは置いてないから、安心して」

「食べたら、どうせ出るんだけどね」

「便秘気味なんだったら、いいかも。たくさん食べちゃいなよ」

冗談を交わしているのか、ムッとした思いをぶつけ合っているのか、ハクブンはハラハラした顔でアカネとキョーコを見比べたが、当の二人の視線は最初から最後まで合わずじまいだった。

子どもたちが、また床を踏み鳴らして、ごはんをせがむ。

ダイニングに戻るキョーコの背中に、アカネは言った。

「部屋がこんなふうになってて……ダンナ、怒ったりしないの？」

キョーコは子どもたちをなだめすかしてから、少し間をおいて答えた。

「あのね、いないの、いま」

「……ずっと？」

「そう。四月からずっと」

「これからも？」

「たぶん、ずーっと」

ダイニングにいるキョーコの表情は、リビングからはわからない。声のほうも、さばさばしているような、途方に暮れているような、笑いをこらえているような、泣きだす寸前のような……。

ハクブンは困惑してアカネの横顔を見た。

アカネはその視線を黙ってうなずいて受け止めて、ビールのプルタブを開けた。

「キョーコ、ピザ取って」

「わかった」

「トッピング、テンコ盛りでよろしく」

「割り勘でよろしく」

「ガンガン飲んじゃおう」

「……うん、そうだね」

最後の言葉にだけ、キョーコの感情がにじんだ。しゃべる前にハナを啜《すす》り上げたのが、ハクブンにも聞こえた。

だが、アカネは、それを確かめ合うのを拒むように、そっぽを向いたまま、乾杯もなくビールを飲みはじめた。

＊

キョーコの夫は、業界で二番手か三番手につけている工作機械メーカーの営業マンだった。

いまは中国にいる。四川省のなんとかという街――「名前は忘れちゃったけど、料理がめちゃくちゃ辛くて、山のほうに行ったらパンダが棲《す》んでて、去年の大地震でビルがたくさん倒れた、そういう街なんだって」とキョーコは他人《ひと》事《ごと》のように言って、ビールを啜る。

予定では三年間――。

「でも、もう帰ってこないと思うよ、ここには」

中国赴任も、自ら志願した。

「会社のほうもびっくりしたみたい。だって、双子ちゃんが二歳なんだよ。かわいい盛りの子どもを残して単身赴任とか、ふつう考えないじゃない」

だが、夫は、中国に空きがなければ、インドでもベトナムでもかまわない、とまで会社に訴えたのだという。

「大義名分はあるのよ。アジアは伸びてるから、そこでがんばって実績を残したい、って。子どもができて張り切ってるんですボクは、家族には寂しい思いをさせますけど仕事でがんばらないと父親失格ですから、なんてね」

逃げた――と、キョーコは言った。

「この家から、とにかく逃げだしたかったんだと思う」

わたしにもわかるよ、その気持ちは、と苦笑する。

「ダンナも同い年だから、四十代半ばでいきなり双子のパパなんて、疲れるよね。若い頃より体力も落ちてるし、仕事のストレスは増える一方だし、家に帰ってきても気持ちが休まるどころか、気力も体力も、ぜーんぶ使い果たしちゃうようなものだったから」

そしてキョーコは自分を指差して、「逃げ遅れたわけ」と肩をすくめた。

＊

ひどい話だ、とハクブンは思う。

あまりにも身勝手で、ひきょうな男だ。もしも目の前にいたら、ぶん殴って……いや、そういう性格ではないから、胸ぐらをつかんで……というのも難しそうだから、「それ、おかしいんじゃないんですか？」と……言えるかな、やっぱり無理かな……。

とにかく頭に来る。腹が立つ。

だが、キョーコはそんなハクブンの胸の内を見抜いて、さらりとかわすように「子育てって、思ってた以上に大変だよね」と言った。「ハクブンも奥さんに訊《き》いてみれば？」

訊かなくてもわかる、とは言えない。

二人の子どものことは、妻にほとんど任せきりだった。週末にはなるべく家族でドライブに出かけ、子どもたちにも思い出をたくさんつくってやってきたつもりだが、それを「子育て」と呼んではならないことは、認める。

「ウチのダンナ、褒めるわけじゃないけど、よくがんばってくれたの。とにかく双子なんだから、二人いっぺんなんだから、なにやるにしても手間が二倍……三倍ぐらいかかっちゃうのよ。わたし一人だったら、ほんとに、半年とか一年とかで、体も心も壊れちゃったと思う。もっとヤバいことになってたよ、絶対に」

夫は仕事よりも家庭を優先してくれた。四十代半ばの中間管理職にとってそれがどんなに難しく、キツいことであるか、ハクブンにも——リストラで無職の身になったいまだからこそ、よけいに、よくわかる。

「でも、待望の、っていうか、念願の子どもができたんだから、がんばるしかないでしょ？　うん、ほんと、よくやってくれたと思う、あのひと」

たしかに、ようやく念願が叶《かな》って恵まれた子宝だった。しかも二人。喜びも倍増。

理屈からいけば、そうなる。

だが、その「念願」は、一度は断ち切っていたものだった。数年間の不妊治療が実らず、子どもを持つのをあきらめた矢先に生まれた二人だった。

「パソコンは再起動すれば調子がよくなるけど、人間のココロって、そこまでうまく切り替えできないよね……」

夫は疲れきっていた。

「しかたないんだと思う。あのままウチにいたら、最後の最後は離婚とか、虐待《ぎゃくたい》とか、ココロの病とか、そんなことにもなってたかもしれないし、単身赴任がぎりぎりの選択だったんだよ、彼にとっては」

キョーコは自分の言葉に、そう、そうなんだよね、うん、そうなの、と何度も小刻みにうなずいて、ビールをまた一口啜った。

アカネは二本目のビールを飲み干すところだったが、キョーコは最初の一本をゆっくりとしたペースで飲んでいた。

それでも、すでに頰は赤くなり、隣の部屋で遊ぶ子どもたちに「バタバタしてると階下《した》に迷惑でしょ」と声をかけるときも、少し気だるそうだった。ライブのあとの打ち上げは始発まで飲み明かすのがあたりまえだったショットガン・ホーンズの頃が嘘《うそ》のように、酒が弱くなった。

ハクブンの視線や表情から、なにか言いたがっているのを察したのだろう、キョーコは「母乳で育てたんだよ」と笑った。「赤ちゃん二人ぶん、がんばって搾《しぼ》り出したんだから」

妊娠中と授乳期間を合わせて二年あまり、ずっと断酒していた。

「やっとおっぱいから卒業してくれて、さあ飲むぞーって思ったら……信じられないぐらい弱くなってて、缶ビール一本で、もう、あっさり、くたーっとなっちゃって……ほら、赤ちゃん産んだら体質が変わるっていうじゃない、それ、ほんとだった」

なるほど、とハクブンはうなずいて、アカネをちらりと見た。

アカネはさっきから一言もしゃべらず、ムスッとした顔でビールを飲み、届いたピザをつまんでいる。

キョーコのほうもそれを気にかける様子はなく、ハクブンにしか話しかけない。

バンド仲間でもあり、なにかと張り合う相手でもあった二人が、ひさしぶりに再会して、いまなにを思いながらビールを飲んでいるのか。

わかるような気もするし、わかってはならないような気もする。たぶんこういうことだろうと思いながらも、まったく的はずれな想像なのかもしれない、とも思う。そもそも、それが当たっていてほしいのか、ほしくないのか、よくわからない。

これが正解だよ、と自信を持って思うことは、ただ一つ——。

「なんかね、人生ってなかなか思い通りにならないし、幸せになるのって、難しいよね」

先にキョーコに言われてしまった。

*

缶ビールが二本目になると、キョーコは子ども二人がいかに可愛《かわい》くて賢いかを、呂《ろ》律《れつ》のあやしくなった声で話しはじめた。ハクブンは蛇口からコップに汲んだ水道の水を啜って話に付き合った。愚痴よりも他愛のない親ばかの話のほうが、むしろ哀《かな》しく聞こえてしまう。

アカネはあいかわらず一言もしゃべらない。機嫌も直っていない。キョーコが出してくれた赤ワインを口に運ぶしぐさは、なにか、もやもやとした感情を酒の力を借りて懸命にまとめようとしているようにも見える。

午後八時を回った頃、ハクブンの携帯電話が鳴った。

画面には、先方の携帯電話の番号が表示されている。アドレス帳に番号を登録していない相手だった。

怪訝《けげん》に思いながら、立ち上がった。

「ちょっと悪い、外に出てもいいかな」

どうぞぉ、とキョーコは間延びした声で応《こた》えた。

もしかしたら再就職の話かもしれない、という淡い期待がある。だとすれば、会話をキョーコとアカネには聞かれたくない、というささやかな見栄《みえ》もある。なにより、自分が席をはずせば、二人がじかに話すかもしれない——期待なのか不安なのかはともかく。

玄関から外廊下に出て、通話ボタンを押した。

「もしもし、中山ですが」

「よお、ハクブン」

男だった。声だけではわからなかったが、「博文」をそう呼ぶ相手はごくかぎられた古い仲間しかいない。さらにその中で、携帯電話の番号を登録するほどの付き合いではないのに、電話の第一声からずいぶん押しの強い言い方をする相手は、さらに少なくなる。

「……カンちゃん？」

探るように訊いたら、「おおーっ、懐《なつ》かしいねえ、その呼び方」と笑い声が返ってきた。

「カンちゃんなのか、ほんとに」

「嘘ついてもしょうがないだろ」

ショットガン・ホーンズ、最後のメンバー——トロンボーンの神田《かんだ》圭介《けいすけ》。

そしてメンバーで唯一《ゆいいつ》の——こういう言い方はハクブン自身は嫌いなのだが、エリートだった。

「年賀状に書いてあっただろ、ケータイの番号。なにかのときに使うかもしれないと思って、とりあえず登録だけしておいたんだけど、よかったよ」

自分の手柄のように得意気に言って、「年賀状なんて無意味だと思ってたけど、たまには役に立つんだな」と笑う。

ハクブンが毎年欠かさず会社宛《あ》てに年賀状を送っていても、カンは返事もよこさない。送ってくるのは仕事関係者に送るついでの異動の挨拶状だけで、それを並べてみると、出世の階段を順調に昇っているのがよくわかる。

「いまは本社だっけ」

「ああ。東京社会部」

「デスク……じゃなくて、もう部次長だっけ」

「去年からな」

四十五歳にして、全国紙の社会部次長――「でも、同期でトップっていうわけじゃないから、たいしたことないよ」と照れもせずに言って、本題に入った。

「今朝、アカネから会社に電話があったんだ。オレは会議中だったんだけど、なんか、同窓会をやるから電話くれって伝言があって……ハクブンのところにも来たか？　電話」

いま一緒にいるんだ、と答える前に、カンは「まいっちゃうよなあ、そんなこと言われてもなあ」とうんざりした声で言った。

「……忙しいのか」

「あたりまえだろ。でも、忙しいとか暇とかじゃなくて、同窓会とか昔の仲間の飲み会とか、嫌いなんだよ」

わかる。高校時代からずっと、そういう性格だった。後ろを振り返ることが嫌いで、バンドを組んでいても、べたべたと付き合うのではなく、仲間になるのは音を合わせるときだけでいい、という考え方をしていた。

「アカネと話したら、どうせあいつ、ぎゃんぎゃん文句言ってくると思うから、面倒くさいんだよなあ。悪いけど、ハクブンのほうからよろしく言っといてくれよ」

「いや、でもさ……」

「いいんだよ。おまえはおまえで、一緒に集まるんだったら集まればいいよ。チャワンとかキョーコも、会いたがってるかもしれないし。ひとが集まることにまでケチはつけないって、俺だって。ただ、俺は、行かない。昔話をすることに興味はない。それだけのことなんだよ」

昔話なんてしていない。カンに言われて、あらためて気づいた。アカネとキョーコもそうだ。ひさびさの再会だというのに、ショットガン・ホーンズの頃のことは、不思議なほど話題に出てこない。

だが、それを伝える間もなく、カンは「じゃあ、よろしくな」と電話を切ってしまった。こちらの近況を「元気か？」と一言尋ねることすらなかった——訊かれても困ってしまうのは確かなのだが。

2

電話を切ったあとも、ハクブンはしばらく廊下にたたずんだまま、ぼんやりと外を眺めた。

住宅街の夜景は、都心とは逆に、光よりもむしろ闇《やみ》や暗がりのほうが主役になる。華やかさとは無縁だが、そのぶん、外灯や窓の明かりの一つひとつに「生活」の実感がにじんでいる。

会社から帰宅するとき、エレベーターを降りてもすぐには家に入りたくなくて、廊下で夜風に吹かれながら外を眺めることが、ときどきあった。仕事がうまくいかずに落ち込んでいるときには、特に――だから、この半年ほどは、毎晩のように夜景を眺めていた。

ハクブンが住んでいるのは十二階建てのマンションの最上階だった。丘陵地のニュータウンなので、夜景と呼べるほどの光の密度はない。だが、遠くには都心の街の灯が、まるでそこだけ光の粒がまとまってこぼれ落ちているように小さく見えていた。それが美しいとは思えなくなったのは、いつごろからだっただろう。

リストラされた会社は、「昭和」のたたずまいを色濃く残した古くからのオフィス街にあった。ビルそのものは「平成」になる少し前に建て替えたのでそこそこ新しかったが、両隣のビルがすぐそばまで迫り、表通りも一方通行の狭い道だったので、窓からの眺めを息抜きにすることなどできなかった。

今度は……と思いをめぐらせかけて、やめよう、とため息をついた。

再就職先に贅沢《ぜいたく》は言えない。オフィスからの眺望？　冗談はやめろ。ため息ではすまず、舌打ちもこぼれた。

名の通った企業に入ることは端《はな》からあきらめているし、仕事のやり甲斐《がい》だの向き不向きなどを言っている場合ではないということもよくわかっている。ある程度の収入減ももちろん覚悟していて、その「程度」も、日がたつにつれて下がっていく一方だった。いよいよ追い詰められたら、正社員にこだわってはいられなくなるだろう。その「いよいよ」の時期も、もう、決して遠い先のことではなさそうだった。

玄関のドアが内側から開いて、キョーコが部屋から出てきた。

ハクブンの電話が終わっているのを確かめると、なーんだ、という顔になって、手首に掛けていたポーチから煙草《たばこ》と携帯用灰皿を取り出した。

「なにやってたの？」

「うん……ちょっと外の空気にあたってたんだ」

「ハクブンがいなくなっちゃったから、ずっと困ってたんだよ」

「そうか？」

「だって、アカネと二人だよ？」

わかるでしょ、と煙草をくわえて笑う。ハクブンも、なるほどな、とうなずいた。

「アカネにお説教されちゃって、うざったいから逃げてきちゃった」

肩をすくめ、煙草に火を点《つ》けて、ゆっくりと煙を吐き出す。

言葉はキツかったが、表情はまんざらでもなさそうだった。

「ひさしぶりだろ、アカネのお説教も」

ハクブンが言うと、「アカネもなにも、誰かにお説教されることなんて、もうずーっと何年もないからね」と、苦笑いとともに煙が揺れる。

「俺もだな……」

「ハクブンも？」

意外そうに聞き返された。

「だって、親も八十近くなったら、息子にお説教なんてするような感じじゃないだろ」

「でも、ほら、わたしなんかは専業主婦だからアレだけど、ハクブンは会社で……」

ああ、そういう意味か、と遅ればせながらわかった。わかっても、やはり、答えは変わらない。

「誰からもお説教なんかされないよ」

「そう？」

「うん。ミスをしたら上から叱《しか》られるし、責められるし、責任も取らされる。でも、それはお説教とは違うよな。嫌われたり、悪口を言われたり、見捨てられたりっていうのも、お説教とは全然違うしな」

しゃべりながら、あらためて、ほんとにそうだな、と噛《か》みしめた。

仕事でミスをしても、上司に頭ごなしに怒鳴られることはなくなった。くどくどとイヤミを言われることはあっても、やはりそれはお説教とは違う。

お説教とは、おせっかいなのだろう。ちょっとわずらわしい親切や、空回り気味の優しさでもあるのかもしれない。

若い頃はそれがうっとうしかった。お説教をしないタイプの上司や先輩のもとで働きたいと思っていたし、お説教をされる側からする側に早く回りたいとも思っていた。

だが、四十代の後半にさしかかったいま、お説教されることが、それを押しつけられているときのうんざりした気分も含めて、なんとなく懐かしい。もう、誰もお説教をしてくれない。会社というものは、そこまでおせっかいではない。用済みになった役立たずを、ただ黙って、クールに、放り出すだけなのだ。

「……どうしたの？」

キョーコが怪訝そうに顔を覗《のぞ》き込んできた。

ハクブンは苦笑交じりにかぶりを振って、「それで、アカネはどんなことをお説教したんだ？」と訊いてみた。

あんのじょう、散らかし放題の部屋の汚さについて、さんざん言われたのだという。

「ちっちゃな子どもの目線になれって言われちゃった」

「どういうこと？」

「部屋の床は、オトナから見れば足元でも、子どもの身長だと、もっと目に近い位置になるでしょ。ソファーやテーブルの上も同じ。ほとんど目の高さになるんだから、そこが散らかってたら、ぜーったいに子どもによくないから、って」

キョーコは「ぜーったいに」を強めて言ったが、皮肉めいた言い方をしたのはそこだけで、「でも、確かにそのとおりかもね」と認める口調や表情は、拍子抜けするほど素直なものだった。

「知ってる？　ハクブン。アカネの息子さん、四月から大学生になったんだって」

「そうらしいな」

「ハクブンのところは？　男の子が二人だよね？」

「上が中学一年生で、下は小学五年生。先はまだまだ長いよ」

「……って、わたしの前で言わないでくれる？」

　軽くパンチを放つ真似《まね》をして、まだほとんど吸っていない煙草を灰皿に捨てる。顔をしかめ、首をかしげて、「お酒も弱くなったし、煙草もちっとも美味《おい》しくなくなったんだよね……」とつぶやいた。

「そのほうがいいだろ、健康のためには」

「ちょっとさあ、年寄りくさいこと言わないでくれる？」

　またジェスチャーだけの右ストレートをお見舞いして、「でも」とつづける。「やっぱり、子どもを産んでから体質が変わった気がする」

　なるほど、とハクブンはうなずいた。そういうことがないところが、父親の根本的な弱さなのかもしれない。

「アカネもそうだったんだって。体質がどんどん変わっていった、って」

　いままで苦手だったレバーや小魚の美味しさに目覚めた。夜更《よふ》かしに弱くなった代わりに、早起きが苦にならなくなった。風邪をひいても長く寝込まなくなった。せっかちなところがなくなって、気長に待てるようになった。

「最後のは嘘だな」

ハクブンは笑った。

「わたしもそう思う」

キョーコも笑いながらうなずいた。

ちょうどそのタイミングで、ドアがまた内側から開き、アカネが顔を出した。

「なにやってんの、電話も煙草もさっさとすませてよ」

ハクブンとキョーコは噴き出しそうになるのをこらえて、顔を見合わせ、目配せを交わした。

＊

部屋に戻って、いろいろな話をした。

話題のほとんどは子育てのことだった。新米ママのキョーコが相談したり愚痴をこぼしたりして、子育ての日々がほぼ終わったアカネがそれに応え、ときどきハクブンも話に加わる。

思い出話にはならなかった。

カンから電話がかかってきたことをハクブンが伝えたときも、アカネとキョーコの反応は意外とあっさりしたものだった。

「わたしじゃなくてハクブンに電話をかけてきたってことは、忙しくて付き合えないってわけだよね、どうせ」

アカネが言うと、キョーコも「カンちゃんらしいよ」と笑った。

「で、忙しさってのは半分嘘で、本音は昔の仲間となごんでるヒマなんてないんだ、ってことでしょ？」

「そうそう、カンちゃんならそうだね」

「ってことは、元気なわけだ」

「うん、元気なんだよ、きっと」

二人とも――特にアカネは、納得顔だった。

アカネに夕方から振り回されどおしだったハクブンが「なんだよ、それ」とあきれて言っても、「ここに来て変わったの」と悪びれずに返す。キョーコはキョーコで、「でしょ？」と得意げに笑う。

アカネとキョーコは、ぶつかることはぶつかる。けれど、だからこそ、意見の合うときには横から相槌《あいづち》を挟むことすらできないほど深くわかり合える二人なのだ。

「結局、リアルな『いま』があるんだよね、このウチには」

「うん、そうそう」

「『いま』の力はすごいよ、なんだかんだ言っても。昔話をして懐かしさにひたってる場合じゃないって教えてくれたよね」

「同窓会なんていうのは、わざわざ外で会うわけでしょ？　だからいいんだよ。それぞれのウチで持ち寄り宴会をやってたら、絶対に『いま』のほうがリアルになるから」

　そうかもしれない。

　ハクブンは小さくうなずいた。

　ハクブンがアカネと再会したのは、自宅のマンションの外——散歩をしているときだった。もしもアカネの電話があと三十分早くかかってきていたら……いや、アカネの性格からすると、引きこもっていた自宅をいきなり訪ねてくることだってありえた。

　ハクブンの背負ったリアルな「いま」は、やはり、わが家にある。それを隠したりごまかしたりする余裕もないままアカネにさらしていたら、再会してからの時間はどう変わっていただろう。

そして、ふと、チャワンのことも思いだした。

チャワンの「いま」は、どうなのだろう。マイクを持って首都圏のショッピングセンターを回っていることだけが「いま」ではないだろう、きっと。

チャワンは逃げた。ショットガン・ホーンズの仲間たちがそこにいるのに気づいていながら――気づいていたからこそ、逃げ出してしまったのかもしれない。

アカネとキョーコは、また子育てのおしゃべりに戻った。チャワンの話は出てこない。ハクブンも自分から切り出そうとはしなかった。

理由をうまく説明することはできない。ただ、なんとなく、チャワンが背負った「いま」は、古い仲間の誰にも見られたくないものなのかもしれない、という気がしていた。

＊

午後九時を回った。

アカネは「昔とったキネヅカ、もう一回とらせてくれる？」と子ども二人をお風呂《ふろ》に入れる、と言い出した。

「いっぺんに？」

キョーコが心配そうに訊くと、「そのほうが早いし、お風呂はたくさんで入ったほうが楽しいんだから」と言う。

「でも……大変だよ、ほんとに、二人いっぺんだと」

キョーコの言葉には実感がこもっていた。確かに、昔とったキネヅカといっても、アカネのウチは一人息子なのだから、二人の幼子を同時にお風呂に入れた経験などないはずだった。

だが、アカネはこともなげに「だって、キョーコはいつも一人でやってるんでしょ？」と言う。

「それは、まあ、そうだけど……」

「ダンナがいないんだったら、一人でやるしかないわけだもんね」

「うん……」

「じゃあ、わたしも一人でやる」

「はあ？」

「あんたがやれるんだったら、わたしもやれる。そうでしょ？」

勝手に決めつけて、一方的に「はい、じゃあ子どもたちの着替えをよろしくね」と話を打ち切って、唖《あ》然《ぜん》とするキョーコを振り向きもせず「よーし、ひさびさにタオルでアヒルさんつくっちゃうぞーっ」と浴室に向かう。

それでも、キョーコに背中を向けたまま、こんな一言も付け加える。

「たまにはキョーコが一人でゆっくりお風呂に入ったって、バチは当たらないと思うよ」

返す言葉に一瞬詰まったキョーコは、「ババアっぽい言い方、似合うようになったねー」と憎まれ口をたたいて、横にいるハクブンの視線から逃げるようにそっぽを向いた。

やれやれ、とハクブンは苦笑する。いいコンビなのだ、やはり、この二人は。

＊

「あ、そうだ」

浴室の前の脱衣コーナーで子どもたちの服を脱がせながら、アカネはリビングの二人に声をかけた。

「あのさ、わたしが子どもたちとお風呂に入ってる間に、ハクブンとキョーコは部屋の掃除よろしくね」

「はあ？」

「そんなのあたりまえでしょ。あんたねー、育児の忙しさを言い訳にするのもいいけど、人手があるときにもしっかり掃除や片付けができないようだと、マジに人間失格になっちゃうよ。わたしがお風呂からあがるまでになんとかすること、いい？　わかった？」

キョーコは、口うるさい母親に対する反抗期の娘のように、「はーい」とふてくされた声で応えた。

だが、顔は笑っている。

ハクブンも、やろうぜ、と笑いながら立ち上がった。

お説教が恋しいというのは、つまり、こういうことなのだろう。

＊

浴室から漏れてくるアカネの歌声や子どもたちの歓声を聞きながら、ハクブンとキョーコは手早くリビングを片づけた。

アカネが歌っているのは、ＲＣサクセションのメドレーだった。二歳の子どもにはウケそうもない選曲だったが、文太も理香も大喜びしている。

「ふだんは二人とも人見知りしちゃうんだけど、アカネとはいい感じだね。やっぱり、こういうところが昔とったキネヅカってやつなのかな」

キョーコは感心したように、それでも微妙に悔しそうに言う。アカネの選曲を「シブすぎるって、ほんとに……」と悪く言いながら、『スローバラード』のときには一緒に口ずさむ。

キヨシローは歌っていた。

市営グランドの駐車場に停めた車の中で、毛布にくるまって眠った二人は、とてもよく似た夢を見る。

なるほどな、とハクブンは古新聞を重ねて紐《ひも》を掛けながらうなずいた。

同じ夢――ではない。

とてもよく似た夢――なのだ。

いままで気に留めたことはなかったが、あらためて考えてみると、ほんとにそうだよなあ……というつぶやきが自然と漏れてしまう。

歌が終わるのを待って、ハクブンは「あのさ……」とキョーコに訊いた。

「俺たちって、ショットガン・ホーンズをやってた頃、同じ夢を見てたのかなあ」

返事はなかったが、聞いていてくれているのだろうと決めて、つづけた。

「いまは、まあ、同じ夢ってことは絶対にありえないんだけど……いまの俺たちがそれぞれ見てる夢って、少しぐらいは似てるところがあるのかなあ」

　返事はなかった。

「やっぱり……全然似てないのかな」

　キョーコは取り込んだままだった洗濯物を畳みながら、「ハクブンはどっちがいいの？」とつぶやくような声で逆に訊いてきた。

　黙り込むのは、今度はハクブンのほうだった。

3

　夜九時の締切に少し遅れて、明日の朝刊の大まかなラインナップが出《で》揃《そろ》った。深夜になっても次々に新しいニュースが飛び込んでくる政治面や経済面、社会面は、この時点ではまだ叩《たた》き台の紙面にすぎないが、文化面や家庭面はよほどのことが起きないかぎり、いまの紙面がそのまま翌朝に配られることになる。

　文化面のトップ記事は、キヨシローの追悼エッセイだった。書き手は二人――五十八歳で亡《な》くなったキヨシローの同世代の音楽評論家と、ＲＣサクセション時代のキヨシローに出会ったことが自分の人生を変えた、とかねがね公言している四十代半ば過ぎの女性コラムニスト。

カンは二編のエッセイを斜め読みして、なるほどな、と小さくうなずいた。

どちらも悪くない出来の追悼文だった。キヨシローを悼《いた》む感情の高ぶりと、キヨシローが遺した功績を称《たた》える冷静さが、うまくバランスを取っている。熱烈なファンには若干の物足りなさは感じさせてしまうかもしれないが、新聞の読者全体のことを考えると、やはりこれくらいの距離感は必要だろう。

「……どうですか？」

デスクの前に立った橋本記者が声をかけてきた。まわりに気を配った、低い声だった。

感想を訊いているのではない。そろそろ、とうながしている。カンもうなずいて、原稿をプリントアウトした紙を二つ折りにして、デスクの下に置いてあるシュレッダーにかけた。

縄張り意識の強い新聞の世界でも、カンの勤める共同新聞は特に風通しの悪いことで知られている。もともと複数の地方新聞社が連合して全国紙としての体裁を整えたという経緯に加えて、ここ十年ほどは常に経営危機に瀕《ひん》している。組織とは、そういうときには外側よりもむしろ内側に向かってガードを固めようとするものだと、肩書きが重くなるにつれて、身に染《し》みてわかってくる。

政治部と社会部、経済部と社会部、政治部と経済部……小さな衝突は毎日のようにある。文化部は中立的な立場を保ってはいるものの、紙面になる前の記事を他の部署に見せることは、やはりありえない。かつて地方支局で一緒だった後輩の橋本が文化部にいなければ、二編のエッセイを読むことはできなかっただろう。

こっそり持ち出したプリントアウトがシュレッダーにかけられたので、橋本はようやく安堵《あんど》した顔になって、「あいかわらず、せっかちですね」と苦笑した。まあな、とカンも苦笑いを返す。確かに、橋本に無理を言わなくても、どうせあと数時間もすれば、刷り上がった紙面で読むことができるのだ。

だが、「読みたい」と一度思い立ったら、その数時間が待ちきれない。なにごとにつけてもそうだ。四十代の半ばになって、気の短さにいっそうの拍車がかかってしまったような気もしている。それでいて、実際に無理を押し通したあとは、まるで憑《つ》き物が落ちたように、なにをそんなにあせっていたんだろう、と肩から力が抜けてしまう。その、すとん、とした力の抜け具合も、ここ一、二年で急に深まっている。

「どうでした？」

橋本が訊く。今度は、原稿の感想を尋ねてきた。

「いいんじゃないか」

軽く返して、「無難にまとまってると思うぜ」と付け加えた。

褒め言葉にはなっていない。頼みごとを聞いてくれた後輩にかける言葉でもない。わかっている。職場の人間関係は、ちょっとしたお世辞や愛想笑いで、驚くほど――そして、時には腹立たしいほど、変わってしまうものだ。頭では理解していても、それがどうしてもできない。

あんのじょう、橋本は少し鼻白んだ様子で、「部内ではどっちも評判よかったんですけどね」と言った。

「だろうな……」

「社会部さん的には物足りませんか？」

文化部の記者としてのせめてもの皮肉を、「まあな」と正面から受け止めて、「社会面ならボツだよ」とあっさり払いのけた。

たいがいの相手なら、会話はそこで終わってしまう。若い頃からずっとそうやって味方を減らし、敵を増やしてきた。

だが、橋本は「ほんと、あいかわらずキツいですね」と肩をすくめる程度でいなした。長い付き合いだ。カンのそっけない性格はよく知っている。それになにより、現場の最前線に立つ新聞記者としてのカンがいかに優秀だったか、ということも。

「宝石の美しさだけしか書いてない、ってことですかね……」

「うん？」

「ほら、神田さんの宝石理論ですよ」

ああ、そのことか、とカンは面倒くさそうにうなずいた。

支局時代に、橋本に教えた話だった。「理論」というほど大げさなものではないが、記事の書き方の要諦《ようてい》を伝えるには手っ取り早いので、見込みのありそうな後輩記者に出会ったときには話すことにしている。


宝石がある。

しかし、その宝石のどこに目をつけて、どこを読者に伝えるかは、担当する「面」によってまったく違う。

文化面は宝石の美しさを伝える。鉱物としての組成や硬度を調べれば科学面の記事になるし、宝石に価格をつければ経済面の記事になる。それが権力の象徴になっていれば記事が載るページは政治面に移るはずだし、産出地や流通をめぐって国と国が争えば国際面にも移る。一方、家庭面では、宝石のメンテナンスやその宝石をアクセサリーにしたときのファッションが語られるし、栄光のイコンとして扱われているならスポーツ面や芸能面とも決して無縁ではない。そして、宝石をめぐる殺人事件や窃盗事件は、社会面をにぎわすことになるだろう。

「神田さんは、キヨシローやRCサクセションにはあんまり興味なかったんですか？」

「なんで？」

「いや、社会部さんの記事、キヨシローが亡くなったときもお葬式のときも、それほどアツくなってなかったでしょ。淡々と、クールに、伝えなければいけないことだけお伝えします……って感じだったじゃないですか」

「騒ぎすぎなんだよ、ほかのメディアが。スポーツ新聞やワイドショーならともかく、一般紙やニュースが大騒ぎするようなネタじゃないだろ」

「でも、あんなにたくさんのファンが青山葬儀所に集まったわけだし、存在感とかヒット曲の数とかを考えると、やっぱり事件だと思うんですよ」

「そうか？」

わざと、とぼけた口調で——端から相手にせずに返した。橋本はさすがにムッとしたが、かまわずつづける。

「病気で亡くなったんだぜ。事故でも犯罪でもない。五十八歳の男が、ガン性のリンパ管症で死亡……それだけのことだろ」

「四万人を超えたんですよ、参列者」

「記事にも書いた」

「数字だけじゃなくて……」

「その数字がなかったら、ただの病気でくたばった中年男の葬式だろ」

「だから、キヨシローの存在感っていうか、そういうものと合わせて……」

存在感という言い方が、さっきから微妙に耳に障《さわ》る。

とぼけた口調のまま、橋本の年齢を尋ねた。三十三歳。逆算してみると、キヨシローがＲＣでドカドカうるさく演《や》っていた頃は、まだ小学校の低学年だったことになる。ボクの歳《とし》なんて関係ないじゃないですか、と言いたげな橋本に、少しだけ同情した。

おそらく、ずっと昔――まだカン自身が若手だった頃、ビートルズについて熱く語るカンを見ていた先輩たちも、そんな思いを胸に抱いていたのだろう。

「ものごとは冷静に見ろ」

「なにが……ですか？」

「ＲＣサクセションは一度もシングルでチャート一位を取ったことはないし、キヨシローにもミリオンヒットはない。レコードやＣＤの売り上げも、ライブの動員数も、一流ではあっても、超一流っていうほどじゃない。それくらいは調べればすぐにわかるだろ」

「でも……」

「音楽性だって、特に新しいことをやってたわけじゃない。若い頃はフォーク、途中からはロック、ベースにあるのはメンフィスあたりのＲ＆Ｂ……オーティス・レディングでもウィルソン・ピケットでも、サム＆デイヴでもいいんだけど、とにかく本家や元祖がいて、元ネタがちゃんとあるんだよ。そう考えてみると、キヨシローなんて意外とたいしたことないんだな、って思わないか？」

　橋本は首を横に振った。納得できないのだろう。不服そうで、悔しそうで、どこか悲しそうな目でにらまれた。よくわかる。若い頃のカンも、「ジョン・レノンの作曲家としてのピークはビートルズの前期だった」「ロックバンドとしては、ビートルズよりレッド・ツェッペリンのほうが上だった」などと先輩に言われるたびにムッとしていたものだった。それでも、「おまえはビートルズをリアルタイムでは知らないんだから」と言われると、うつむくしかなかった。

「キヨシローの歌って、やっぱりすごいですよ」

　橋本が言った。もともとはＲＣサクセション時代の『スローバラード』や『雨あがりの夜空に』、ザ・タイマーズ時代の『デイ・ドリーム・ビリーバー』程度しか知らなかったのだが、亡くなったのをきっかけにあらためてしっかり聴いてみて、身震いするほど感動したのだという。

「ライブのＤＶＤも何枚か買って、もう、最近は家に帰るとずーっと流しっぱなしです。すごいですよね、やっぱりライブですよね、キヨシローは」

そうだな、と形だけ相槌を打って応えた。カンが最後にキヨシローのライブを観《み》たのは、一九八〇年代半ばのＲＣサクセション時代だ。一九八六年。真夏の日比谷野音――ライブアルバム『ティアーズ・オブ・クラウン』になったあの日のライブは、オープニングがウィルソン・ピケットの『イン・ザ・ミッドナイト・アワー』だった。

「まあ、ＤＶＤがあれだけ残ってるわけだから、僕らとしてもうれしいですよ。あと、ＹｏｕＴｕｂｅにもたくさんあるみたいだし。文化部でも、若い世代のファンがこれからも増えるんじゃないか、って話してたんです」

なるほどな、と形だけの相槌を繰り返す。今度は少し冷ややかなしぐさになってしまった。

『ティアーズ・オブ・クラウン』のジャケットは、ジャニス・ジョプリンの『チープ・スリル』のパロディーになっていた。ちょうどＬＰレコードとＣＤの狭間の時代だったので、それが、カンの買った最後のＬＰレコードになった。そして、ショットガン・ホーンズのメンバー全員で誰かのライブに出かけたことも、あの夜が最後だった。

「神田さん……」

橋本の表情には、また、納得できない不服さと、悲しさ交じりのもどかしさがにじんでいた。

「やっぱりアレですかね、僕らみたいな若い世代には言われたくない、って感じなんですかね」

「……べつにそういうつもりはないけど、リアルタイムじゃないとわからないことって、やっぱりあるからな」

自分で言った言葉に、自分自身、やれやれ、と苦笑いが浮かぶ。自分がかつて上の世代に言われたのと同じことを、下の世代に言っている。歳をとるというのは、つまり、そういうことなのだろう。

「キヨシローのこと、僕らがちょっと美化しすぎてるって思いますか？」

ジョン・レノンについて俺たちが語っていたのと同じさ——。

心の中でだけ答えた。

「でも、逆に僕らから見ると、リアルタイムで知ってるひとたちって、反応が極端だなあ、って思いますよ。ベタベタになっちゃって『キヨシロー、最高！　俺たちの青春時代、最高！』って泣きながら言うか、無理やりクールになっちゃって『キヨシローなんてたいしたことないだろ』ってそっぽを向くか……で、クールなひとのほうが、じつは本音ではキヨシローに深い思い入れがあるんじゃないかな、って」

いたずらっぽいまなざしで顔を覗き込まれた。厳しく言えば礼儀知らずでも、不思議と憎めない人なつっこさがある。そういう男だから、外様《とざま》の文化部でも、きっとそれなりにうまくやっているのだろう。

「まあ、キヨシローのことはアレですけど、神田さんが元気そうでよかったです」

「なんだよ、それ」

「いや、だって……」

「俺はどこでも元気だよ」

苦笑交じりに、ミントタブレットを口に含んだ。社会部の部次長になったのを機に禁煙を始めて、そろそろ半年になる。禁煙の理由を訊《き》かれると、「人生も後半戦なんだからギアチェンジしないと」と答えることにしている。付き合いの浅い連中はそれで簡単に納得するのだが、この一年ほどの社内でのカンの立場をよく知っている連中は、困ったような愛想笑いで「ギアチェンジ」の重みと苦みを嚙みしめることになる。

いまの橋本も、きっと「どこでも」の一語を苦い思いで受け止めたはずだった。

それがわかるから、カンは「忙しいのに悪かったな、助かったよ」と少しあわただしく話を打ち切った。

橋本は立ち去りがたそうな様子だったが、かまわず、パソコンの画面のスクリーンセーバーを解除した。

警視庁や消防庁担当の記者から、最新の事件や事故の情報がいくつか届いていた。交通事故、路上強盗、自殺未遂、火事、捜索願……件数は多かったが、重大なものはない。明日の朝刊の紙面を大きく変更する必要は、いまのところはなさそうだった。

橋本はまだデスクの前に立っている。

カンはタブレットを奥歯で嚙みくだきながら、パソコンの画面から橋本に目を戻した。

すると、橋本はそのタイミングを待ちかまえていたように、声を低くして言った。

「宗像《むなかた》さんが、近いうちにみんなで飯でも食おう、って言ってました」

「……決起集会か？」

冗談めかして言うカンに、橋本は真顔で「そうかもしれません」と返した。

それでかえって、カンのほうは気持ちが引いてしまう。ミントの刺激で涼やかになっていた口の中に、なにか、どろりとしたものが溜《た》まってきたような気もした。

「宗像さんに会ったらよろしく言っといてくれよ」

「いや、だから、神田さんも……」

「行かないよ、俺は」

「だって……」

「忙しいんだ。隠居したじいさんの昔話に付き合ってるほど暇じゃないんだよ、こっちだって」

「隠居じゃないですよ」

「大学教授なんて隠居と同じだ」

「でも、政治評論家として……」

「同じだ、評論家も大学教授も、そこいらのじいさんも」

きっぱりと言った。橋本はすぐさま「でも……」と返しかけたが、それをさえぎって、着信ランプを光らせたばかりの電話に出た。いつもなら部下の記者に取らせるところだが、このまま橋本と話していても堂々巡りになるだけだし、橋本の声はしだいに大きくなっていた。「宗像」の名前が社会部の連中の耳に届くのは避けたい。

電話をかけてきたのは警視庁詰めの記者だった。メールでは対応が間に合わない緊急のネタか、と勢い込んで「どうした」と訊いたが、記者の口調はそれほど切迫してはいなかった。

さっきメールで届いていた自殺未遂の件――。

指示なしでも取材に飛び出して行くレベルではなく、「どうしましょうか」と判断を仰ぐ程度の新情報が入ったのだろう。

「救急の通報をしたのが、キャスターなんですよ。ラジオでけっこう人気の……中沢慎也っていうんですけど……」

受話器を握る手に、思わず力がこもった。中沢慎也の名前がピケにつながったわけではない。まったくの別ルート――中沢にまつわる小さな噂《うわさ》を、古い付き合いの興信所の社長から、しばらく前に聞いていた。

「で、病院に搬送されたのが、同じ番組でレポーターをやってる女性らしいんですけど……えーと、名前がですね、小嶋美由紀って……」

チャワン――。

受話器をさらに強く握った、つもりだった。だが、実際には逆に指先から力が一瞬抜け落ちてしまい、受話器は手からデスクに滑り落ちた。

4

救急病院に駆けつけたカンを迎えたのは、ショットガン・ホーンズのメンバーだった。

「遅かったじゃない、なにしてたのよ」

赤い目をしばたたきながら言うアカネの隣で、キョーコも文太と理香を長椅子《ながいす》で寝かしつけながら「そんなに仕事が大事？」とハナを啜《すす》ってカンをにらむ。

「……命に別状はなかったんだろ？」

二人そろってうなずいた。

だが、それはいかにも不承不承といった様子の、それはそうなんだけどさ、という不満げな声が聞こえてきそうな表情としぐさだった。

「だから、これ、うれし涙」

アカネがハンカチを目元にあてて言うと、キョーコは「プラス、悔し涙」と言い添えて、またハナを啜り上げた。

そして、またそんな二人の後ろに立つハクブンは、ひさびさの再会に照れくさそうな苦笑いを浮かべて、「でも」と話を引き取った。「電話してくれて助かったよ、サンキュー」

カンがハクブンに電話をした時点で、すでにチャワンが一命を取り留めていることはわかっていた。浴室で手首を切った。出血はかなり多かったが、救急車の到着や搬送がスムーズにいったおかげで、大事には至らなかった。

その意味では、中沢慎也の通報がチャワンの命を救ったことになる。

だが、もちろん、単純に中沢に感謝するわけにはいかないし、アカネやキョーコの不機嫌さの根っこも、当然そこにあった。

「カンちゃんが電話してくれなかったら、チャワン、一人ぼっちだったと思う」

アカネが言うと、キョーコも「完全アウェーだもんね」とうなずいて、エレベーターホールをいまいましそうに振り向いた。

四人がいるのは一階の外来待合室で、チャワンがいるのは五階のＶＩＰ病室だった。カンにはそれだけでわかる。政治部にいた頃、病気を隠れ蓑《みの》にして逃げ回る政治家や官僚はうんざりするほど見てきた。この病院の五階は、そのスジでは有名な避難先だったのだ。

「いま、チャワンのそばには……」

カンが訊きかけると、アカネとキョーコは交互に、憤《いきどお》りの強さを競い合うように言った。

「ラジオ局のひとがついてるの」「たくさんね」「病室の中だけじゃなくて、ドアの外にも、廊下にも、エレベーターの前にまでいるんだから」「こっちなんて、完全に邪魔者扱いなんだもん、ひどいよ」「チャワンにも会わせてもらえなかったし」「あ、でも、アカネが廊下で大きな声で『チャワン！　元気出せ！』って言ったのは聞こえたんじゃない？」「キョーコの『誰もかばわなくていいからね！』も、絶対に聞こえてるって」……。

まあまあまあ、とハクブンがなだめても、逆に二人から「あんたもガツンと言ってやればよかったのよ」「しょっぱなから、どうもどうもすみません失礼します、なんて頭下げてるからナメられちゃうのよ」と逆襲をくらう。その剣幕に、せっかく寝ついていた文太と理香も目を覚ましてしまい、ぐずりはじめた。

昔と変わらない。カンは軽く肩をすくめて、「チャワンの家族は来てるのか？」と訊いた。これも昔どおり。なにかとキツいアカネとキョーコに、優柔不断でのんびりしているハクブン、そして冗談ばかり言って場をなごませるのはチャワンで、四人に任せておけずに話をてきぱきと前に進めていくのがカンの役割だった。

「連絡はしてないみたいだな」

ハクブンが答えた。

「会社が止めてるのかな」

「いや……チャワンが、家族には言わないでくれって頼んだみたいだ」

なるほど、とカンはうなずいて、「ピケは？」と訊いた。

「帰っちゃった」

ハクブンより先にアカネが答え、「帰ったっていうより逃げたんだよね」とキョーコも言って、そこからはまた交互に、いらだちをぶつけていく。

三人が病院に駆けつけたときには、中沢慎也も警察から事情を訊かれていた。そのまわりではラジオ局の関係者やマネジャーと取材陣とが押し問答を繰り広げて、ものものしい雰囲気だったという。

いまは待合室に人影はない。病院の外にもテレビカメラや取材陣の姿はなかった。社会部の記者から報告を受けていたとおりだ。中沢慎也は所轄《しょかつ》の警察署でさらにくわしく事情を訊かれているのだろう。

「カンちゃんの新聞の記者もいたけど……朝刊に出るの？」

キョーコが訊いた。その声に覆《おお》いかぶせるようにアカネが「出るわけないよね？」

と言う。「自殺未遂なんてさ、ほら、よくある話じゃない、いちいち書いたりするほど暇じゃないでしょ、カンちゃんの新聞だって」

あいかわらずだ、ほんとうに。せっかちで、すぐに話を勝手に決めつけてしまう。

「だよねだよねだよねだよね、そうだよね？　出すわけないないないない、マジマジマジ、出すわけないよね、そうだよね、カンちゃん」

キョーコも言葉と思いをグイグイと押し込んでくる。反論どころか相槌《あいづち》さえ挟ませないように、隙間《すきま》なく早口でまくしたてる。若い頃から、それがキョーコの得意技だった。気の弱い男なら――たとえばハクブンのような性格なら、もう、それだけでアカネとキョーコには逆らえなくなってしまう。

だが、カンは、アカネより落ち着いていて、キョーコよりも冷静で、ハクブンと違って相手のペースに巻き込まれたりはしない。

「明日の朝刊に出す」

きっぱりと言ったあと、ニュースの取捨選択の最終決定権を持っているわけでもないのにそういう言い方をしたことに気づくと、眉間《みけん》に勝手に深い皺《しわ》が寄った。

「なんで？」――アカネとキョーコの声が重なった。

「人気番組のレポーターなんだから、知らん顔はできないよ」

「でも……チャワンは芸能人じゃないんだよ？　もともとはラジオ局の社員なんだから、一般人じゃないの？」

アカネの言うことはよくわかる。

「自殺しちゃったんだったらともかく、未遂だよ？　あの子、また社会に戻らなきゃいけないんだよ？　それで名前とか新聞に出されちゃったら……」

キョーコの言うことも、よくわかる。

「なあ、カン……ピケさんとチャワン、仕事のパートナーなんだよな？　それだけなんだよな？」

ハクブンがなにを案じているかも、痛いほどよくわかる。

チャワンが自殺を図ったのは自宅のマンションだった。中沢慎也は警察の調べに「仕事のことで相談がある、と電話で呼び出された」と話していたようだが、記者の聞き込み取材では、マンションの近所で中沢とチャワンが一緒にいるのを以前から見かけていた、という話がいくつも出てきた。近年の中沢はラジオだけで活動していたので、「面割れ」をしていなかった。近所の目撃情報も、記者が中沢とチャワンの写真を見せて初めて「そういえば……」と出てきたのだった。

週刊誌やテレビのワイドショーの記者たちは、もっと生々しいスクープを得ているだろう。得ていなくても、紙面や番組では憶測の段階で煽《あお》り立てるだろう。それはかまわない。スポーツ新聞ならともかく、全国紙の一翼を担《にな》う共同新聞が、妻子あるラジオの人気キャスターと独身リポーターの不倫程度の話で大騒ぎするわけにはいかない。記事の扱いも、いまの時点では必要最小限の事実だけを伝える小さなものだ。できれば、朝までこのままでいてほしい、とも願っている。

だが、カンには独自の情報ルートがある。犯罪、とりわけ薬物関係について強いルートだった。中沢慎也の名前も聞いている。

もしもそれが事実なら——。

そして、そのことがチャワンの自殺未遂にも関係しているのなら——。

「ちょっとぉ、カンちゃん。黙ってないで、なんとか言ってよ」

アカネが不服そうに顔を覗《のぞ》き込んできた。「カンちゃんもけっこう偉いんでしょ？記事を出さないとか、少しでも小さくするとか、それくらいできるんじゃないの？」

「無理だ」

短く、きっぱりと答えた。

「でも……」

「記事にする価値のあるものは記事にするし、ないものはしない。で、これは記事にする価値がある。だから、する。それだけのことだよ」

言い訳はしない。話をうやむやにしてごまかしたりもしない。結論を出していることについては横からなにを言われようとも揺るがないし、まだ結論に至らない段階で誰かになにかを相談することもない。

若い頃からそういう性格だった。ショットガン・ホーンズを脱退するときも、その流儀を崩さなかった。自分が抜けると、バンドは実質的に解散するしかなくなる。それはわかっていても、いや、わかっていたからこそ、誰にも相談せずに一人で脱退を決めて、どんなに説得されても、責められても、なじられても、決意をひるがえさなかった。

だから、いまも――。

アカネとキョーコにはかまわず、ハクブンに声をかけた。

「腹、減ってないか?」

「え?」

「外にファミレスがあっただろ。メシがいらないんだったら、コーヒーでもいいよ、ちょっと付き合えよ」

ハクブンは困惑した様子でアカネたちに目をやり、あんのじょうアカネは「なに言ってるのよ。わたしたちがそばにいてあげないと、チャワン、ひとりぼっちになっちゃうじゃない」と言いだした。

「全員揃ってればいいっていうものでもないだろ」

身も蓋《ふた》もなく言って、「じゃあ、ハクブン、行こう」と歩きだす。迷いはない。反論はおろか質問も受けない。ハクブンの反応が鈍いのを見てとると、「先に行ってるぞ」とだけ言って、玄関に向かう足をさらに速める。

よけいなやり取りは要らない。細かい説明も無用。とにかく動く。そうやって政治部時代はいくつもの特ダネを取ってきた。足手まといになる部下はすぐに見切りをつけたし、こっちの動きを邪魔する上司とは遠慮なく衝突した。その結果、社内には敵ばかり増えた。政治部を追われたときは誰も守ってくれなかったし、社会部に異動してきたときも、社会部の連中はほとんど歓迎してくれなかった。それでも、後悔は、ない。

病院の外に出てしばらく歩いたところで、後ろから走って追いかけてくる足音が聞こえてきた。

「カン、ちょっと待てよ。おまえ、早足で歩きすぎるんだよ、昔から……」

ハクブンは息をはずませ、声を裏返しながら言う。

カンは、やれやれ、と苦笑した。

仕事のときなら、かまわず歩きつづける。待つのも時間の無駄だ。

でもまあ、それくらいはいいか、と立ち止まった。

顔にはまだ苦笑いが浮かんでいた。意識して笑っていたわけではない。後ろを振り向いて、早くしろよな、とハクブンを手招いたときに初めて、頬がゆるんでいることに気づいたのだ。

ハクブンが追いかけてきたのが、うれしい——？

来てくれないんじゃないか、と心の奥では思っていた——？

認めたくない。

ハクブンが追いつく前に、再び踵《きびす》を返して歩きだした。

だが、ひんやりした夜風を受けても、頬はゆるんだままだった。

*

ハクブンと前後して、キョーコも子どもたちを連れて病院を出た。

「子ども二人を一緒に寝させるのはやっぱり大変だよな。どっちかが寝付きかけると、どっちかがぐずりだして……あれを毎晩やってるんだもんな」

ハクブンが手短に話すキョーコの近況を、カンはファミレスの窓から外の通りをぼんやり眺めながら聞いた。

「いろいろ大変なんだな、あいつも」

「うん……俺とアカネもさっきまで家にいたんだけど、けっこう、いっぱいいっぱい、っていう感じだった」

「でも、専業主婦なんだよな？　生活費のほうはダンナに任せてるんだから、楽な身分じゃないか」

軽く言うと、ハクブンは、無神経さを咎《とが》めるように眉《まゆ》をひそめた。

「専業主婦だからキツいんだと思うけどな、俺は」

「なんで？」

「だって、ガス抜きできる場がないだろ。二歳の双子がいたら、なかなか外で仕事はできないし、趣味や遊びでもしょっちゅう出歩くわけにもいかないし……ストレス、溜まる一方だよ」

そんなの贅沢《ぜいたく》な悩みじゃないか、と返したかったが、ハクブンはまるで自分のことのように深刻な様子で「この歳で双子を育ててるわけだし、まわりのママ仲間はみんな若いし、これでダンナも単身赴任だったら、煮詰まっちゃうよ」と言った。

カンは曖昧《あいまい》にうなずいた。ハクブンはさらに「孤独な子育てって、いま問題になってるだろ。心を病んだり、赤ちゃんや子どもを虐待《ぎゃくたい》したり、あと最悪の場合は自殺とか、子どもも巻き込んで無理心中しちゃうとか……」とつづける。確かに社会面でも、そんな事件や事故を扱ったことはある。だが、やはりピンと来ない。頭では理解できていても、心まで届かない。子育ての悩みなど、政治部時代は、野党の人気取りのアピールポイントとしか考えていなかった。

カンはバツイチの独身だった。三十歳のときに結婚をしたが、二年で別れた。夜討ち朝駆けの政治記者の生活を理解して結婚に同意したはずの妻は、カンが会社に泊まり込んでいる間に荷物をまとめて家を出てしまった。

ちょうど非自民政権の崩壊と自社さきがけ連立政権発足の時期だった。二カ月近く、ろくに家に帰れなかった。そのときに、もう少しだけでも家庭のことをかえりみていれば……と思わないわけでもない。だが、後悔はしていない。自民党と社会党が手を組んだのだ。戦後の日本をかたちづくっていた55年体制が終わった瞬間に、現場の最前線で立ち会えた――政治記者としてこれ以上ない僥倖《ぎょうこう》の前では、家庭を失うことなどどうでもいい。本音でそう思う。だが、妻が愛想を尽かしてしまった一番の理由は、仕事の忙しさではなく、自分のそういう考え方だったのかもしれない、と最近ときどき思うようになった。

ハクブンは、アカネと再会してからのできごとを順を追って話していった。

平日の昼間に、なぜハクブンは自宅の近所を散歩していたのか——。

当然の疑問をぶつけると、ハクブンは「さすが新聞記者だよなあ」とのんきに感心をして、会社からリストラされてしまったことを打ち明けた。

「じゃあ、いまは……」

「失業中だよ。職探しもなかなかうまくいかなくてさ」

「でも、おまえって、なんでもそつなくやっていくタイプだし、リストラされるような失敗は……」

「なにもしてないよ」

さらりと応《こた》え、「そもそも勝負をしないタイプだからな」とつづけて、寂しそうに笑って話を締めくくった。

「いまの時代には、俺みたいな現状維持の奴《やつ》は必要ないんだよ」

カンは無言でコーヒーを啜った。

まいっちゃったな、というつぶやきを、コーヒーの苦みに紛らせた。

俺たちみんな、うまくいってる奴なんか誰もいないじゃないか……。

そのとき、テーブルに置いた携帯電話がブルブルッと震えた。警察に詰めている記者からの、緊急連絡だった。

第五章　旅立てジャック

1

店の外で電話を受けたカンは、ほどなく席に戻ってきて、「ビンゴ」とつぶやくように言った。

中沢慎也の容疑はクロ――たったいま、身柄が所轄《しょかつ》の警察署に移されたのだという。

「尿検査はこれからなんだけど、本人も現場で認めてるし、ブツがあったわけだから、もうアウトだ」

憮然《ぶぜん》とした顔で言ったカンは、冷めてしまったコーヒーを一口啜《すす》って、「二人ともな」と付け加えた。

「ピケさんだけじゃないのか」

ハクブンが訊《き》くと、察しの悪さに少しいらだったように、カンは窓の外に目をやった。

「ブツがあったのは、チャワンの手の中だよ」

「手の中……？」

乾燥大麻を握り込んでいた。

カンは外を見たまま、「こんなふうにな」と左手で握り拳《こぶし》をつくった。「その上から、テープなのか紐《ひも》なのかタオルなのか、まだ警察の発表はないんだけど、とにかく簡単にはほどけないように巻きつけて、それから……」

右手の人差し指をナイフに擬して、左の手首を切るジェスチャーをした。

ハクブンが困惑しながら口を開きかけると、それをさえぎって、「死にたいっていうより、もう終わりにしたかったんだろうな」と言う。

ハクブンは黙ってうなずいた。

「最後の最後……もう、こうするしかないっていうことだったんだよ」

カンも低い声でつづけながら、窓ガラスにうっすらと映り込む自分自身の顔と確かめ合うように、何度もうなずいた。

チャワンは発作的に死の誘惑に駆られて手首を切ったわけではなかったのだ。準備――という言葉では言い表せない、もっと悲壮な、覚悟があった。

いつ決意したのかはわからない。何日も前からなのか、何週間、何カ月……もしかしたら、何年という単位でのことなのか、それはいずれ中沢慎也の供述で明らかになるだろう。

いずれにしても、チャワンは自分の命を賭《か》けていたのだ。命と引き替えにしてでも、中沢慎也と薬物との関係を断ち切りたかったのだ。

「そこまでしてやるほどの男じゃないと思うけどな」

カンはせせら笑って、肩をすくめる。

「ハクブンも覚えてるだろ、あいつ、昔からセコかったよな。チケットのノルマもぜんぶこっちに押しつけてくるし、打ち上げだって、あいつ、すぐに自分が幹事をやって、ワリカンの金ごまかしたり、自分の名前でボトルキープしたりして……」

「そういうところの頭の回転は速かったよな、ピケさんって」

「褒めるなよ」

「褒めてないって」

「『さん』なんて要らないだろ、あんな奴《やつ》には」

話が途切れたあともカンはそっぽを向いたまま、ハクブンに目を戻そうとしない。代わりに、テーブルにあった爪楊枝《つまようじ》を次々に指の間に挟んでは、ポキポキと折っていく。

それが十本を超えた頃、カンはようやく口を開いた。

「なあ……」

ぽつりと言った。あいかわらず、目は外に向いたまま――だから、語りかけている相手は、ほんとうはハクブンではなく、ガラスに映り込む自分自身なのかもしれない。

「チャワンはうれしかったのかな、救急車に乗せられたとき」

ハクブンが黙って首をかしげると、「変わらないな、おまえ」とカンの横顔がゆるんだ。

「なにが？」

「こういうとき、絶対にはっきりした答えは言わないんだ。昔からずーっとそうだ」

まあいいや、と話を戻す。

「要するにさ、チャワンは勝負に出たんだよな。ピケの奴に、ぎりぎりの選択を迫ったわけだ」

手首からの出血は相当の量に達していたという。中沢慎也が異変に気づいて浴室に駆け込んだとき、チャワンの左手は血まみれになっていたはずだ。チャワンは手の中に大麻を握り込んでいることを中沢に告げたはずだ、とカンは言う。そうでなければ中沢のいるときに手首を切る意味がない――また一本、爪楊枝を折った。

「救急車を呼ぶか呼ばないか……呼べば、クスリのこともばれる。でも、このままなら死ぬかもしれない。通報が極端に遅れたり、放っておいたり、逃げだしたりしたら、保護責任者遺棄……もしもチャワンが死んだら、そこに致死がついて、場合によっては不作為の殺人まで問われることだってありうるだろうな」

だとすれば、もはや中沢慎也に選択の余地はない。救急車を呼ぶしかない、ということになる。

「でも、選択肢はもう一つあるんだ」

カンは言った。「なんの根拠もないんだけどな……」と付け加えたあと、少しためらったような横顔になって間をとった。

ハクブンは小さくうなずいて、そのつづきを引き取った。

「俺もいま、ちらっと考えたんだ」

カンは意外そうに、目だけをハクブンに向けて、「教えてくれ」と言った。

根拠がないのは、ハクブンのほうも同じだった。想像というより妄想のほうが近いかもしれない。けれど、その妄想は、根拠がないからこそ、昔の仲間としての素直な願望でもあった。

「チャワンは、もしもピケさんが逃げることを選ぶんだったら、それを邪魔するつもりはなかったんじゃないかな」

「……あんな奴、呼び捨てでいいって言っただろ」

「まあ、だから、ピケ……が逃げるんだったら、かまわない、って。ピケが逃げたあと、自分で救急車を呼ぶ。ピケが匿名《とくめい》で電話をして、そのまま部屋を出て行ってもいい。どっちにしても、ピケの名前は絶対に出さない。クスリのことも自分がぜんぶ背負う。もしも逃げたいんだったらそうしてくれ、って言ったんじゃないかな」

「チャワンが?」

「うん……あいつなら、そんなふうに言うと思う」

　昔からチャワンはそうだった。口ゲンカでも議論でも、自分の言うべきことはきちんと言うが、相手を追い詰めるようなことはしない。どこかに、つい、まるで絵の具の塗り残しのような逃げ道を残してしまう。そのせいでライブハウスの出演料を値切られたり、必死に売り掛けしたチケットの代金を土壇場で踏み倒されたり、時間にルーズな対バンのとばっちりを食ってステージの時間を削られたり……損をしてばかりだった。アカネやキョーコは「チャワンは甘いのよ」「お人好《ひとよ》しすぎるんだって」と、しょっちゅうもどかしそうに言っていたものだ。けれど、気の強いアカネとキョーコでは話がまとまらず、冷静すぎて融通の利《き》かないカンならさらに話がこじれて、優柔不断のハクブンだと向こうの言いぶんのままあっけなく押し切られてしまう、そんなときこそ、チャワンの出番――あんがい、いまがそうなのかもしれない。

「でも、ピケがほんとうに逃げて、ピケのことをほんとうにかばうつもりだったら……それと引き替えに、チャワンの人生はめちゃくちゃになっちゃうんだぞ」

カンは爪楊枝をポキンと折りながら言った。答えは最初からわかっていて、あえて訊いている。そして、カンが考えていたもう一つの選択肢というのも、同じ答えだったのだろう。

ハクブンもそれを察して、じゃあ、と決めた。たまにはきっぱりと言い切ってみるか。

「チャワンは、そういう奴だよ」

いつもなら付けてしまう「と、思う」をこらえた。「の、ような気がする」も我慢した。

カンは折れた爪楊枝をテーブルに捨てて、「だよな」と苦笑交じりにうなずいた。

やっとハクブンの正面に向き直ると、「チャワンはピケを追い詰めたりはしない。絶対に」と念を押した。

ハクブンもそう思う。信じてもいる。

そして――。

「ピケ……さん、ぎりぎりのところで裏切らなかったんだな」

今度は、カンも「さん」付けを聞き咎《とが》めることなく、苦笑いの顔のまま「情状酌量の余地あり、か」と言った。

「ピケさんって、セコいところや嫌なところはたくさんあったけど、なんか憎みきれないところあるんだよな」

「ああ……」

「で、チャワンは優しいんだ。とにかく、あいつは優しい奴なんだ」

若い頃は、その言葉は不思議なほど浮かんでこなかった。甘すぎる、お人好しすぎる――それはじつは「優しい」と言い換えるべきだということに、あの頃は気づかなかった。

「じゃあ、ピケは弱いんだ。とにかく、あいつは弱い奴なんだ」

カンは苦笑いを深めて応《こた》えた。あいかわらず呼び捨てでも、冷たく切り捨てるような響きは消えた。

これも同じだった。若い頃は、誰かを悪く言うときに、セコい奴だとか嫌な奴だとか、傲慢《ごうまん》だとかわがままだとか嘘《うそ》つきだとか卑怯者《ひきょうもの》だとか、そんな言葉ばかりつかってきた。それらすべてをまとめてしまえば、「弱い」という一言になるんだということに、おとなになってから気づくのだ。

「弱い男には優しい女がくっついちゃうものなんだな……」

ハクブンがぽつりと言うと、カンは「だから新聞の社会面は毎日毎日つまらない事件であふれ返るんだよ」と応えて、またそっぽを向いてつづけた。

「それにしても、面白いな」

「なにが？」

「ハクブンって、なんなんだろうな。思いっきり勘が鈍いようで大事なところはちゃんと押さえてるし、なにを訊いても煮え切らない答えになるんだけど、適当に聞き流したり無視したりしてるわけじゃないし、答えをごまかしてるわけでもない。で、ぐずぐずに腰砕けになる寸前で、たまにビシッと、けっこういいことを言うんだ」

褒められているのか貶《けな》されているのか、よくわからない。ただ、カンのいまの苦笑いは、照れ笑いにも似ている。

爪楊枝をまた一本、爪楊枝立てから抜き取って、指で挟む。

「ほんと、ハクブンとしゃべってると懐《なつ》かしくてさ」

ポキン、と爪楊枝が折れた。

「そうか？」

「ああ、懐かしいし……でも、ちょっと……」

言いかけた言葉を呑《の》み込んで、爪楊枝をテーブルに放る。

ハクブンは話のつづきを待っていたが、カンはコーヒーの残りを飲み干して、カップを戻すのと入れ代わりに伝票を手に取った。

「俺、会社に戻るよ。また新しい情報が入ったら連絡するから、あとは頼む。チャワンが目を覚ましたら、よろしく言っといてくれ」

席を立ち、「アカネとキョーコにも、謝っといてくれ」と片手拝みのしぐさをして、その手のひらの先をまっすぐハクブンに向けた。ふと見ると、指が拳銃《けんじゅう》の形になっている。

「ハクブン、さっき言いかけたつづき、聞きたいか」

「ああ……」

「おまえとひさしぶりに会って、昔と全然変わらないおまえを見て、懐かしくなって……ちょっとアタマに来た」

そう言って、バーン、と息だけの声で、幻の拳銃を一発撃った。

＊

追いかけるべきかどうか、迷った。

カンは逃げるような足取りでは歩いていなかったし、後ろ姿にも、追ってくる者を拒む頑《かたく》なさは感じられない。

歩きだしたときの「じゃあな」という声も、高校生の頃と同じ――毎日毎日、一緒にいるのがあたりまえだった頃に交わしていたような軽さだった。

駆け出せば、すぐに追いつく。

まだ話したいことはたくさんあったし、訊きたいことも山ほどある。

だが、ハクブンは席についたまま、カンがテーブルに残していった十数本の折れた爪楊枝を見つめていた。

ちょっとアタマに来た――。

責めたり咎めたりするような口調ではなかった。皮肉やキツい冗談という感じでもない。

寂しそうだった。悔しそうだったし、悲しそうだったし、自分に腹を立てているようにさえ思えた。

幻の拳銃は、確かに銃口はこっちに向けられていたが、カンはあのとき、じつは自分自身を撃ち抜いていたのかもしれない。

カンは自分の近況については、離婚をしたこと以外にはなにも話さなかった。こちらから訊いて答えてくれるような性格ではないことも、むしろ質問をされるとかえって口を閉ざしてしまうタイプだということも、よくわかっている。

「でもなあ……」

ハクブンはため息交じりにつぶやいて、折れた爪楊枝をつまみ上げた。

「おまえ、こんな癖なかったよなあ、昔は……」

席の近くを通りかかった若い男の店員が、テーブルに散らばった爪楊枝とハクブンが手に持った爪楊枝とを交互に見て、ムッとした顔になった。

「あのー、すみません……」

「うん？」

「そういうの、やめてもらっていいっすか」

「なにが？」

「爪楊枝っすけど」

声にも不機嫌さが交じった。

店員としての分はかろうじて守っているものの、目つきは街なかでケンカをする若い連中と同じように鋭い。体格もいい。深夜のシフトなので、その手の店員を配しているのかもしれない。

「ああ、悪い、ごめん……」

ハクブンは素直に謝った。なんだよ客に向かってその口のきき方は、と言い返したいのをグッとこらえた。

カンに教えてやりたい。若い頃となにも変わってないっていうのは、こういうことなんだ。だから、「なにやってるんだよ、情けない奴だなあ、あいかわらず」と単純にアタマに来てくれればよかったんだ……。

「ちょっと、そこ邪魔なんだけど」

店員の大きな体の後ろから、女の声が聞こえた。

「座ろうと思ってるのに、デカいお尻《しり》があって入れないじゃない」

アカネ――。

店員は気おされて「あ、どうも、すみません」とアカネの通り道を空けた。コワモテだった顔が、瞬時に、年相応の幼さをたたえた気弱そうなものに変わった。いや、ほんとうは、最初からたいしたことのない面構えだったのかもしれない。

決まり悪そうに席を離れる店員の背中をにらみながら、アカネは「なにか文句言われてたみたいだね」と言った。

「いや、まあ……」

「息子と同じぐらいだから、あれくらいの歳の青少年には強いのよ、わたし」

アカネは、それより、とカンのいた場所に腰かけながら言った。

「なにやってたのよ。待ってても全然戻ってこないから、心配しちゃって……」

ハクブンは、中沢慎也のクスリの件について話していった。

2

そのライブアルバムは、蟬時雨《せみしぐれ》から始まっていた。真夏の日比谷野外音楽堂でのステージだった。

ナマで見た。四日間のうち二日目を、仲間たちと一緒に。

アルバムも買った。二枚組のＬＰレコードだけでなく、微妙に収録バージョンが違うカセットテープも。何年かたってＣＤで再発売されたときに買い直し、いまはそれをパソコンに取り込んで、ｉＰｏｄにも入れて持ち歩き、通算すればもう何百回と聴いてきた。

そのせいだろうか、テレビのニュースや新聞で見たキヨシローの葬儀の様子を思いだすと、ふと蝉時雨も聞こえてくるのだ。五月の東京に、まさか蝉がいるはずがない。わかっていても、青山葬儀所の緑深い木立と、キヨシローのために集まったひとたちの長い行列が、あの夏の——一九八六年八月の日比谷野音の風景に重なってしまう。

いまも、そう。

明かりを消した部屋で、目をつぶって、あの夏の、あの夜の、あのステージの、あのキヨシローの姿を思いだしていると、どこかから蝉時雨が聞こえてくるような気がする。

日比谷野音での四日間のライブは『4 SUMMER NITES』と題されていたが、アルバムになるときには『the TEARS OF a CLOWN』とタイトルが変わった。もともとはスモーキー・ロビンソン&ミラクルズが歌ったR&Bの古典的名曲のタイトルで、作曲者のクレジットにはスティーヴィー・ワンダーも名を連ねている。

英語で綴《つづ》れば間違いようがなくても、日本語で『ティアーズ・オブ・クラウン』と読み書きしていると、ＣＬＯＷＮとＣＲＯＷＮの区別がつかなくなってしまう。ましてや、スモーキー・ロビンソンのシングル盤では『涙のクラウン』という中途半端な邦訳がついていたのだから、初めてこの曲を知った高校時代には、ずいぶん間抜けな勘違いもしてしまった。

「『涙の王冠』とか『王冠の涙』ってどういう意味だ？」――こういうときに間抜けな勘違いを最初に口に出してしまうのは、決まってハクブンだった。

同じことを疑問に思っていたアカネとキョーコは、しかし、すまし顔で聞こえないふりをするだけだった。「そうそうそう、わたしもそれがわかんないの」と口に出すと、なんとなくひどい恥をかいてしまいそうだ、という勘の良さだけは、お互いに持ち合わせていたのだ。

一方、チャワンは、「ねえ、この『クラウン』って、トヨタの車のクラウンなんじゃないかなあ」と、勘違いに勘違いを重ねてしまうタイプ――素直で、単純で、思いついたことがすぐに口に出る。アカネとキョーコにとっては、そこがあきれてしまうところでもあるし、微妙にうらやましいところでもあった。

そして、こういうときにピシャリと、情け容赦なく正解を出すのは、いつもカンだった。

「ハクブンもチャワンも、マジに英語勉強しないと受験アウトだぞ」

やれやれ、とため息をついて、紙に二つの単語を走り書きする。

　ＣＲＯＷＮは確かに王冠の意味だが、曲につかわれているのは、ＣＬＯＷＮのほう。道化者という意味だ。

「だから、『道化者の涙』とか、ちょっと意訳して『悲しき道化』とか、そんな感じかな」

　ハクブンは「なるほど」と素直にうなずき、チャワンは「さすがだね、カンちゃん」と、もっと素直に感心する。

「俺のことを褒める前に、自分の英語力の情けなさを嘆いたほうがいいんじゃないか？」

「……うん」「……まったくね」

　そろってしょんぼりするところも、「ま、俺らは日本人なんだし」「そうそう、ガイジンと結婚しないかぎり、なんとかなるでしょ」とワケのわからない理屈で立ち直るところも、とにかくハクブンとチャワンは素直そのものなのだ。

　アカネとキョーコは当然ながら見栄《みえ》を張って、そうそう、そうなんだよね、知ってたけどね、わざわざ言うほどのこともないしね、と軽くうなずくだけだったが、カンはそれもちゃんとお見通しで、二人を振り向くと「地雷を踏まないのも才能だよな」とイヤミを言って笑う。

高校の卒業まぎわ――ショットガン・ホーンズを結成する少し前の、ささやかな思い出だ。

一九八六年秋、ＲＣサクセションの夏のライブが『ティアーズ・オブ・クラウン』というタイトルでアルバムになると知ったとき、キョーコは真っ先にそのことを思いだしたのだ。

カンのクールな顔が浮かぶ。

ハクブンとチャワンの屈託のない「とほほ……」の顔も浮かぶ。

さらにアカネとキョーコ自身の、見栄っ張りのすまし顔まで、並んで浮かんでくる。

だが、懐かしさを分かち合う仲間は、そばにいない。

一九八六年秋、ショットガン・ホーンズは活動を停止した。正式に解散を表明したわけではないし、そういうけじめが求められるような存在でもなかったのだが、とにかく、五人のメンバーがステージに立つことはおろか、顔をそろえる機会すら、その頃はもうほとんどなくなっていたのだ。

あの夜の日比谷野音が、五人で出かけた最後のライブになった。

オープニングに聞こえる蝉時雨は、だから、キヨシローの葬儀だけでなく、若かった頃のショットガン・ホーンズの思い出にも降りそそいでいるのだった。

＊

襖《ふすま》が開く音が背中に聞こえ、キョーコはうたた寝から覚めた。ずっとつぶっていた目を何度か瞬《またた》きながら振り向くと、理香が半分寝ぼけたような顔で立っていた。

「どうしたの？」

「……トイレ」

口調はのんびりしていたが、体のよじらせ方がどうもあやしい。

キョーコはあわてて立ち上がり、「はいはいはい、トイレ、トイレ、いっちに、いっちに」と理香の肩を抱き、途中で足を停めないようなだめすかしながらトイレへ向かう。

リビングの掛け時計をちらりと見ると、午前三時になろうとする頃だった。救急病院からタクシーで家に帰り着いたのは午前一時前だったから、二時間近くソファーで寝入っていたことになる。

「ママ、もう出ちゃう、出そう、出そう……」

「あとちょっと、ね、がんばって」

トイレに入ると、幼児用の小さな便座をセットして、理香のパジャマのズボンと下着をいっぺんに脱がせた。

ぎりぎりセーフ。便座に座ったとたん、おしっこが勢いよくほとばしった。だが、ホッとするのもつかの間、ため息が漏れる。

こういうところが、二卵性とはいえ双子の不思議さなのか、文太と理香は夜中のトイレのタイミングが似通っている。理香のおしっこがぎりぎりセーフだったということは、つまり……。

半ば覚悟して子どもたちの寝室に戻って確かめると、やはり、文太の布団《ふとん》やパジャマはぐっしょり濡れていた。

全身から力が抜ける。悪いのは文太ではない。いつもなら夜中、日付の変わる頃に子どもたちを揺り起こしてトイレに連れて行く。たいがいは、それで朝までだいじょうぶなのだ。それができなかった。いや、病院から帰ってきたあとすぐにトイレに連れて行けばよかったのに、リビングのソファーに倒れ込むように座ると、急に疲れが全身から染《し》み出してきて、立ち上がれなくなってしまった。夕方から、あまりにもいろいろなことがありすぎた。自分で感じている以上に体と心は疲れていて、それが一人になると、いっぺんに出てしまったのだろう。

とにかく、文太は悪くない。おねしょぐらい、どうってことはない。そう自分に言い聞かせて、納得もすると、おねしょに気づかずぐっすり眠り込んでいる文太の寝顔が、なんとものんきそうに、幸せそうに見えて、キョーコの頬もついついゆるんでしまう。

その笑顔のまま、文太を起こして下着とパジャマを着替えさせ、布団のシーツをはずした。トイレに置いてきぼりになっていた理香に「ママー、お尻拭いてー」と呼ばれて、急いで駆け戻るときにも、頬はゆるんだままだった。

二人をまた寝かしつけて、リビングのソファーに戻る。

アカネとハクブンのおかげで、部屋はいつになく片付いている。アカネにいきなり掃除を命じられたときには面食らって、正直ムッとしたものの、さっぱりした部屋にいると、それだけでちょっと元気になるんだな、と気づいた。

ベッドに入ってきちんと眠ろうかと思ったが、まあいいや、とソファーに寝ころんで、ｉＰｏｄのイヤホンを耳に入れた。ＲＣサクセションのプレイリストを探し、『ティアーズ・オブ・クラウン』を一曲目の『イン・ザ・ミッドナイト・アワー』から再生した。

一九八六年夏。

「もうやめようぜ、こんなこといつまでもやってられないだろ」

最初に言い出したのはカンだった。

「悪いけど、俺は抜けるから、あとはおまえらが勝手にやってくれ」

引き留めることはできなかった。新聞社に入って二年目――北関東の支局からライブのたびに帰京するのは、もう限界に来ていた。


一九八六年夏。

アカネも高校の教師になって二年目だった。

大学受験で一浪したハクブンとチャワンは、その年の四月に就職した。

大学には現役で入学していたキョーコも、あえて大学を留年して、その年の新入社員になった。総合職にこだわったのだ。一九八五年の入社になると、まだ男女雇用機会均等法の施行前なので、キョーコが狙《ねら》っていた大手商社の女子採用は一般職だけだった。アカネが高校教師という職業を選んだのも、教育に対する関心だけでなく、男女で昇進や昇給に差別がなく、子どもを産んでもつづけられる仕事は公立学校の教員ぐらいしかなかったから、というのが大きな理由だったのだ。

そんなアカネの選択を、キョーコは「妥協だ」とひそかに思っていた。一年待てば、均等法が施行され、栄《は》えある女子総合職一期生として社会に出ることができる。たとえ留年という回り道をしても、長い目で見ればそのほうが絶対にいい、と信じていた。

そしてキョーコは、その目標をみごとに達成した。一九八六年四月、大手商社に総合職採用で入社した。第一期生ということもあって、十数倍にもなっていた狭き門を突破したのだ。

短い研修期間を終えたあとは現場の第一線に配属され、男子社員と同じように残業や休日出勤や出張をこなし、その一方で、一般職の女子社員から浮き上がらないように出張の土産は欠かさず買って帰り、会議用の資料のコピーなどは極力自分でやって、時にはお茶くみも手伝って……いまにして思えば、RCサクセションのライブに出かけた頃にはすでに、いまよりずっと細かったおなかの中では、ストレス性の胃《い》潰瘍《かいよう》が発症していたことになる。

あの夜、アカネに「仕事どう？」と訊かれた。

キョーコは迷う間もなく「サイコー！」と答えた。やり甲《が》斐《い》があって、自分の実力もきちんと認めてもらっていて、毎日が楽しくて楽しくてしかたない……。嘘をついたつもりはない。見栄を張ったわけでもない、と思う。ただ、おそらく、その笑顔は微妙にこわばっていただろうな、という気はする。

アカネは意外と素直に「じゃあ留年して大正解だったね」と認めてくれた。その頃アカネが勤めていたのは校内暴力で荒《すさ》みきった高校だった。三日に一度は警察から電話がかかってくるし、教室を勝手に抜け出した生徒を追いかけているだけで授業時間が終わってしまうこともしばしばだという。

「アカネも民間に転職すれば？　そのほうがお給料だっていいし、仕事も面白いよ、絶対に」

キョーコは言った。勝ち誇っていたつもりはないし、教師の仕事を見下していたわけでもない。ただ、いまの自分があの夜の自分に会えるなら、ソッコーでビンタしてるだろうな、とは思う。

アカネは「そうだね」と形だけ相槌《あいづち》を打って、寂しそうに苦笑した。その苦笑いの寂しさは、もしかしたら、無神経で無意味なことを口にした仲間への哀れみだったのかもしれない——と、いま、キョーコは思うのだ。

一九八六年夏。

やはり、潮時だったのだろう。

その頃を境に、少しずつ仲間たちは離れていった。物理的にも、精神的にも。それは寂しいことではあっても、必然だった。いつまでも高校生ではいられない。いつまでも大学生ではいられない。いつまでも子どもではいられないし、いつまでも若者でいるということもできない。

時代が「昭和」から「平成」に移り変わる少し前に、キョーコは会社を辞めた。ストレスは胃と十二指腸を蝕《むしば》み、さらに心にもダメージを与えていた。これ以上会社に残っていたら、きっと、取り返しのつかないことになってしまう。「肩の力を抜けよ」と上司には言われた。けれど、肩から力を少しでも抜いてしまうと、その瞬間、すべてが崩れ落ちてしまいそうな気がする。

燃え尽きたんだ、と自分で自分に言い聞かせた。やるだけのことはやった、やるべきことはすべてやり尽くした、ただそのゴールが予想よりも早く訪れてしまっただけ……。

異業種交流会で知り合った男性のプロポーズを受け容《い》れて、結婚をした。

専業主婦として夫をサポートしながら、いいママになろう、と決めた。けれどなかなか妊娠の兆候が見られず、不妊治療の効果もあらわれず、四十代半ばがそろそろ見えてきて、もうあきらめよう、と気持ちを切り替えた矢先に、双子を身ごもった。

思いもよらない一発逆転に、夫は大いに喜んでくれた。それ以上に、キョーコ自身がうれしかった。

ただ、純粋にわが子を授かったことがうれしかったのか、あるいは自分が選んだ道が行き止まりでなかったことを証明できた喜びだったのか——いまは、よくわからなくなっている。

いずれにしても、赤ちゃんは両親の喜びだけでは育てられない。覚悟はしていたつもりだったが、その覚悟をはるかに超えて、現実は大変だった。そして夫の覚悟は、キョーコが期待して、信じていたものより、ずっともろかった。

四月から中国に単身赴任した夫は、もう帰ってこないかもしれない。三年間の駐在を終えて帰国しても、この家には帰ってこないような気がする。体はわが家に帰ってきても、心のほうは、遠くに行ってしまったきりになっているのかもしれない。

不安で眠れない夜が、たまにある。

だが、それは夫が去ってしまうことへの不安なのか、あるいは自分が選んだ道はやっぱり間違っていたんだ、と思い知らされてしまうことが不安でしかたないのか——いまはわからないし、これからも、どんどんわからなくなってしまいそうな気がする。

いま、幸せですか——?

アカネがラジオ局に送ったその言葉が、ずっとキョーコの耳の奥に残っている。

幸せですか――？

もしもいまは「幸せ」ではないのだとすれば、どこで道を間違えたのだろう。どこが「幸せ」と「不幸せ」の分かれ目だったのだろう。

もしも「幸せ」と「不幸せ」の道がはっきりと分かれているのだとすれば、その二本の道はもう永遠に出会うことはないのだろうか。それとも、また、鉄道線路のポイントのように、交差したり交じり合って一つになったりすることがあるのだろうか。

いつ――？

どこで――？

そのときも正しい「幸せ」の道をきちんと選べるだろうか。逆に、今度こそ正しい「幸せ」の道を選ばなければならない、ということなのだろうか。

でも、幸せって、なに――？

問いが微妙に変わる。

どう、アカネ、あんたそれに答えられるわけ——？

わざと子どものように張り合ってみて、難しいでしょ、と苦笑した。

肩の力を抜くのは意外と簡単なのだ。まいっちゃうね、まあいいか、と苦笑いを浮かべればだいじょうぶ。軽くため息をつけば、なおよし。

こんなに簡単なのに、あの頃はどうしてもそれができなかった。

そして、頑なに肩の力を抜かなかったあの頃の自分のことが、いまはむしょうに

——バカだなあ、と思いながらも、いとおしいのだ。

3

共同新聞のビルを出て、カンは空を見上げた。午前三時半。夜明けまではあと一時間ほどだが、東のほうの空はほのかに明るくなっている。

白い鳥が一羽、空をよぎっていった。それを見て、橋本があくび交じりに「カモメ、このあたりまで飛んでくるんですねえ……」と言った。

「朝のうちだけだ。電車が走りだす頃になったら、もういなくなる」

「やっぱりこういうのを見ると、海辺なんだなあ、って実感しますね」

「窓からいつも見てるだろ、東京湾」

「でも、景色だけだと、どんなにきれいでも、どこか嘘くさいっていうか、遠いんですよね、海が」

橋本はいかにも文化部記者らしい言い回しをして、鼻をクンクンとひくつかせ、

「潮の香りも……ちょっとだけ、ありますね」と笑った。

「これも夜明け前だけだ」

「くわしいですね、神田さん」

「……政治部や社会部の連中なら、みんな知ってるよ」

文化部にいれば、夜討ち朝駆けということは、まずない。終電まで会社に詰めていることはしばしばでも、朝までデスクワークをする機会は年に数えるほどしかないという。

無理をさせた。申し訳なさが半分、この程度の仕事に付き合わせるのに「無理をさせた」と思うなんて、俺も甘くなったもんだよな、と自嘲《じちょう》する気持ちが半分——どちらにしても、「シラフの徹夜仕事なんて支局の頃以来ですよ」と笑う橋本の人の好さに救われたのは事実だった。

「それで、メシって、どこに行くんですか？」

「いいから、ついて来い」

車のほとんど通っていない広い通りを渡った。

「その店、よく行くんですか」

「まあな……」

「楽しみです。神田さんって、美味《うま》い店を見つけるプロですから」

なに言ってるんだ、と苦笑したが、橋本は「だって、支局でもそうだったじゃないですか」とつづけた。「神田さんに連れて行ってもらった店って、ほんと、ぜんぶ美味かったです」

でも、俺がいないときには、おまえはその店には行かなかっただろ――？

そう訊《き》いてやったら、橋本はどんな顔になるだろう。うつむいてしまうか。照れ笑いでごまかすか。それとも、寂しそうにため息をついてしまうのか。

だからカンはなにも言わない。

意味のない徹夜に付き合わせた後輩を困らせてもしかたないだろう、と自分に言った。そういうところが、歳相応に甘くなったってことなんだ、と歩きながら苦笑した。

＊

カンは付き合いというものが苦手だった。若い頃から、ずっと。偏屈なつもりはない。人間嫌いだとも思わない。ただ、無駄なことや、無意味なことや、不合理なことが、どうしても受け容れられない性格なのだ。べたべたと徒党を組むのが嫌いで、前例主義が嫌いで、まわりの顔色をうかがうだけの事なかれ主義はもっと嫌いで……ジャーナリズムの世界はそんなものとは無縁だろうと信じて、新聞記者になった。

もちろん、それはあまりにも甘く青臭い理想論だった。支局回りをつづけた若手の日々で、つくづく思い知らされた。地方の政治や経済を牛耳るボスと、馴《な》れ合《あ》いの関係をつづける地元のマスコミ――という程度の覚悟はしていたが、現実はそのレベルにすら至らないいわずらわしさに満ちていたのだ。

どこの新聞社でも、地方支局には「伝統」がある。身も蓋《ふた》もなく言えば、閉鎖的な縄張り意識だ。それも仕事上の人脈だけではない。食事をする店も、酒を飲む店も、いささかあやしげな女がらみの店にまで、縄張りがついてまわる。東京や大阪から赴任してきた新人は、先輩に連れられてそういう店を一軒一軒回る。新米は、先輩指定の縄張りにせっせと通い詰め、中堅になり、後輩たちに縄張りを引き継ぎながら古株となって、また別の支局に異動して、別の町の縄張りを覚えていくのだ。

バカらしい。ずっと、そう思っていた。思うだけでなく、背中を向けつづけた。自分の行きたい店に行き、美味い店は自分の足で見つけてきた。同僚の陰口や本社への愚痴しか出てこない支局御用達《ごようたし》の店では、たとえ顔見せのビール一杯でも飲みたくなかった。

生意気な奴《やつ》だという悪口は聞こえていた。かまわない。それがどうした、と切り捨ててきた。協調性がない、ひとの和を乱す、義理人情に欠ける、阿吽《あうん》の呼吸が通じない、かわいげがない、もっとオトナになれ……さんざん悪口を言われ、説教や忠告を受けても、「仕事のできない奴だ」という評価だけは受けなかった。それが唯一《ゆいいつ》の誇りでもあった。

橋本と出会ったのは、日本海側の県の支局だった。新入社員の橋本が赴任してきたとき、カンは二十八歳——同期の記者の何人かはすでに本社に戻っていたが、「仕事はできるが扱いにくい」というレッテルを貼《は》られたカンは、一つの支局に長くとどまることすらできずに、流れ者のように各地を転々としていたのだ。

その支局でも、カンは自分のやり方を貫き、同僚からは孤立していた。

橋本は、そんなカンに、不思議となついてきたのだった。

「神田さん、カッコいいです、憧《あこが》れます」――素直に、てらいなく言う。確かに橋本は、一匹狼《いっぴきおおかみ》に憧れていた。だが、それは、自分も明日からやってみようと誓う憧れではなく、自分にはとても真似《まね》ができないとわかっていて仰ぎ見るだけの憧れだった。

橋本は神田と二人きりでないときには支局の伝統に従順な新米記者でありつづけた。上司や同僚の顔色をうかがいながら、出しゃばらず、目立たず、波風を立てずに、本社に戻る日を待っていた。「俺も神田さんみたいにクールに強くなりたいんですけど……」と口癖のように言いながら、そのためにはどうすればいいかを尋ねてくることはなかった。

それがもどかしくて、「群れててもしょうがないだろう」と咎めたこともある。だが、そのたびに橋本は寂しそうに言うのだ。

「神田さんは強いから……」

あの頃は「つまらない言い訳をするなよ」と鼻白んでいたが、いまは違う。橋本よりももっと寂しげに、自嘲も込めて、苦笑交じりに首を横に振るだろう。きょとんとするはずの橋本に「新聞記者なら言葉は正確につかえよ」ぐらいは言ってやるかもしれない。

強い――。

強がるのがうまい――。

その違いが、いまは、身にしみてわかる。

＊

本社ビルの周辺は整然としている街並みも、海に向かってしばらく歩き、表通りをはずれると、「昭和」を色濃く残した細かい路地に入り込む。

橋本は「交差点の先まで歩いていくのって、俺、初めてです」と、興味深そうに左右を見回しながら歩く。「手前のほうは、よく文化部の連中と飲みに行くんですけど……」

「知ってるよ」

「社会部さんの店もありますよね」

「ああ……」

カンは面倒くさそうにうなずいて、橋本が次に訊くはずの質問を先回りして「政治部の奴らもな」と言った。

交差点の手前には、魚河岸《うおがし》がある。日本を、というより世界を代表する規模の市場だけに、その周辺には美味くて安い店がたくさんある。もともと市場で働くひとたちのための店なので、まだ暗いうちから営業を始めて、昼前には暖簾《のれん》を下ろす店がほとんどだった。逆に、陽の高いうちに店を開けて、夜九時には閉まる飲み屋や鮨《すし》屋も多い。仕事の時間帯が不規則な新聞記者にとっては最高の環境と言っていい。

実際、五年前に本社ビルが都心からこの地区に移転してきて以来、記者たちは町のあちこちに縄張りをつくっていった。社会部の行きつけ、政治部のたまり場、総合企画室の御用達……界隈《かいわい》の主だった店にはすべて身内の常連がついている。

だから、カンは、魚河岸を通り過ぎ、交差点の横断歩道を渡って、路地に入ったのだ。

「ここだよ」

カウンターだけの小さな鮨屋に入った。まだ店を開けたばかりなので先客はいなかったが、あと一時間もすれば、河岸の仕事を終えたひとたちが入れ替わり立ち替わりやってきて、店は一気ににぎわうだろう。

ビールとマグロの漬《づ》けを頼むと、大将が「珍しいね、神田さんが二人連れで来るなんて」と笑った。

まあね、と苦笑いを返して、若い衆の持って来たビールを橋本のグラスに注いでやった。

共同新聞の連中は交差点の先にあるというだけで足を向けないが、魚には誰よりもうるさい河岸のひとたちがわざわざ遠回りして通うのだから、味については折り紙付きだ。橋本もマグロを一口食べただけで、目を丸くした。

だが、やがては、この店も奴らに知られ、気に入られて、縄張りになってしまうだろう。そうなれば、また別の店を探すしかない。

昔は、自分から背中を向けているんだ、と思っていた。

いまは違う。

こそこそと逃げ回っているんじゃないか――。

政治部を追われて社会部に移った半年前から、そう思うようになった。

＊

カンは三十歳でようやく本社に戻った。関西総局の政治部記者として公共事業をめぐる収賄《しゅうわい》をスクープしたのが、東京の政治部長に認められたのだ。

「おまえが誰とも群れなかったから書けた特ダネだよ」と政治部長の宗像は言ってくれた。それがなによりうれしかった。宗像部長だけは自分の生き方をわかってくれる

——そう信じた。

宗像部長率いる「宗像軍団」の一員として、最前線で体を張った。戦後長くつづいた55年体制が崩壊し、政治は流動化していた。乱世である。政治記者としては願ってもない時代だし、宗像部長は、ニュースを伝えるだけでなく、政権のブレーンとしても暗躍するなど、野心家で山っ気のある男だった。そんな宗像が率いる「軍団」は、当然、コワモテの強気で鳴らす。その急先鋒《きゅうせんぽう》として若手ナンバーワンの評価を得ていたのが、カンだったのだ。

社内外に敵がいくら増えてもかまわない。離婚でさえも、ブンヤの勲章だ、とうそぶいて受け容れた。

だが、いまにして思えば、その時点で大きな間違いを犯していたのかもしれない。

群れない自分を認めてくれた上司となら群れてもいい——？

それって矛盾じゃないか、とすべてを失ってから気づいたのだ。

＊

徹夜明けのアルコールはよく回る。もともと酒の強くない橋本は、ビールを冷やの日本酒に変えた頃には、もう顔が真っ赤になっていた。

そういうときの話題は、いつも決まっている。

「宗像さん、ほんとに神田さんに会いたがってましたよ」

聞き流すと、「ほんとです、ほんとなんです」と食い下がる。

「よっぽど暇なんだな」

冷ややかに笑うと、橋本も返す言葉に詰まって、うつむいてしまった。

一九九〇年代後半には「軍団」だった政治部は、ゼロ年代に入ると、政治局長に昇進した宗像の出世に合わせて「王国」と呼ばれるようになった。

そこには微妙な揶揄《やゆ》も含まれている。

まだ宗像が陣頭指揮を執っていた頃の「宗像軍団」には、内側からみなぎっている力があった。軍団の外に対してはもちろん、内側でも、激しいつばぜり合いが日常的におこなわれていた。少しでもいい記事を書くためなら、内輪での怒鳴り合いはもちろん、殴り合いすら辞さなかった。

宗像に褒められたい、という気持ちが皆無だったとは言わない。一癖も二癖もある政治記者を束ねて軍団を率いるだけのことはあって、宗像は上層部の誰よりもアクが強く、誰よりも褒め上手だった。あまりにも強引な手法に時には反発しながらも、最後には「このひとのためなら……」と思わせる魅力があった。

だが、あの頃の熱気を生んでいたものは、それだけではなかったと思う。

誰もがいい記事を書きたかった。宗像ではない、もっと大きな、「時代」や「社会」としか呼べないものに認められたかった。それが結果として、当時の共同新聞の政治面を刺激的なものにしていたのだった。

ところが、「宗像王国」は違う。軍団は戦う集団だが、王国は、王に仕える臣民の集団だ。「宗像に褒められたい」という思いは、いつしか、「宗像に気に入られたい」に変わってしまった。政治記者のつばぜり合いも、怒鳴り合いや殴り合いが減った代わりに、あることないことの密告が増えた。いい記事を書きたいという思いは変わらなくても、それを「時代」や「社会」にぶつけるんだという気概は、少しずつ薄れていった。

宗像自身も変わった。局長に昇進し、取締役の椅《い》子《す》が見えはじめると、強気一辺倒の姿勢が急にやわらいできた。本人は「俺もずいぶんまるくなったんだよ」と笑い、ちょうどその頃に政治部入りした橋本は、かつての宗像にまつわるコワモテのエピソードを、「あの宗像局長が？　マジですか？」と、ほとんど伝説のように受け止めていた。

逆に、軍団時代から宗像を支えてきた記者たちが少しずつ疎《うと》んじられるようになってきた。特ダネをつかんでも、政治的な判断で握りつぶされる。スクープまであと少しという詰めの段階まで迫っても、援軍を送り込むどころか、相手がさまざまな形で圧力をかけてくるのを黙認するありさまだった。

　宗像は、もっと上を目指していたのだ。共同新聞社のトップの座、あるいは政界に打って出ることを狙っていたのだ。王国を築くには猛々《たけだけ》しい荒武者が必要でも、その王国を治めるためには、むしろ能吏のほうが求められる。荒武者から能吏にうまく切り替えられた記者は変わらず重宝されても、あくまでも現場のスクープ合戦にこだわる記者は遠ざけられていった。カンも、その一人だったのだ。

　宗像は三年前に取締役に就任した。政治局だけでなく、紙面全体を統括する立場になった。「宗像王国」はさらに勢力を増して、着々と「宗像帝国」を築きあげ、その途上で——失脚した。宗像とライバル関係にあった経済畑の重役が、販売局や系列のテレビ局を味方につけ、さらには宗像が後ろ盾にしていた政権与党の大物をひそかに寝返らせて、鮮やかな逆転を果たしたのだ。

　王国は崩壊した。宗像はいち早く逃げた。取締役を辞任してほどなく私立大学の国際政治学の教授に招聘《しょうへい》され、与党の別の大物議員とのルートを新たに結んで、捲土重《けんどちょう》来《らい》を期している。

軍団は逃げ遅れた。というより、そもそも部下の逃げ道すら確保せずに宗像は一人で逃げだしたのだ。

新体制は、軍団を完膚無きまでに粛清した。皮肉なことに、宗像の出世に合わせて変わり身早く能吏になっていた記者たちは、新体制になっても政治部にそのまま残った。どんな体制でも、群れて仕事をすることの得意な連中は必要とされているのだ。逆に、宗像体制の終わり頃にはすっかり距離を置かれていたカンたちが、「宗像の色がつきすぎている」という難癖をつけられて、次々に地方や系列会社や畑違いの部署にとばされた。

まったくもって皮肉な話――ではあっても、決して「不思議な話」ではない。その理屈がわかる程度には、カンもオトナになっていたのだった。

＊

宗像の話にカンが乗ってこないのを察した橋本は、「それにしても……」と話を変えた。

「中沢慎也が大麻って、びっくりしちゃいますね。文化部マターのひとじゃないんで僕らは無関係ですけど、社会部は夕刊でもひっぱるんでしょ？」

「ああ……」

「ワイドショーも動くんでしょうね」

「うん……」

いまは、その話もしたくない。

カンはお銚子《ちょうし》の日本酒を手酌でぐい呑《の》みに注ぎながら、言った。

「なあ、橋本……さっきの原稿、どうだった？」

チャワンの運び込まれた救急病院から社に戻ったあと、中沢慎也の続報を追う記者からの報告を受けながら、パソコンのキーボードを叩《たた》きつづけた。橋本を待たせて、なにかに憑《つ》かれたように、頼まれたわけでも掲載のあてがあるわけでもない文章を書いて、ついさっき仕上がったのだ。

「感想、教えてくれよ」

橋本は黙って目を伏せた。

4

キヨシローについて書いたのだ。構成などなにも考えず、ただひたすら思いのたけをぶちまけた。書き上がったあとも、推敲《すいこう》はおろか、読み返しもしなかった。出来映えなどどうでもいい。文章を整えるのと引き替えに、もっと大切なものが失われてしまうのが嫌だった。

だから――口ごもったままの橋本に、カンは言った。

「原稿には一切手を入れさせないからな。一字一句このままだ」

橋本は困惑しきった様子で、顔を半分だけ上げた。

すがるように見つめる視線に気づかないふりをして、カンはつづけた。

「文化部は寄稿原稿も多いだろ。エラい先生からもらった玉稿におまえらが勝手に手を入れるなんてできないよな。それと同じだ」

「あの……ですね……って言いますか……その……」

「掲載はいつになる？」

「……はあ、あの、ですから……」

「つまらない連載なんて休みにして、早く載せろよ。いちおう旬のネタなんだから」

少しすごんだ声で言うと、それでようやく冗談だとわかったのだろう、橋本は頬をゆるめた。

「つまらない連載なんてやめちまえ、っていうのは本気だけどな」

そっけなく付け加えたカンに、カウンターの向こう側から大将が「そろそろ握りますか」と声をかけてきた。

カンはあいまいにうなずいて、「彼に握ってやってください。俺は、これをもう一本」とお銚子を指差した。

大将が握りの準備にとりかかると、橋本が心配そうに「だいじょうぶですか？」と小声で訊いてきた。「一睡もしてないんでしょ？　今日は会議があるんじゃないんですか？」

「会社で少し寝れば平気だ」

「帰らないんですか？」

「仮眠室のほうがよく眠れるんだ」

昔からそうだっただろ、と笑った。強がりではない。ロッカーには替えのワイシャツとネクタイ、下着や靴下も置いてある。仮眠室のベッドが満杯なら、ソファーでもまったくかまわない。まわりがどんなに騒がしくても、横になって目をつぶれば五分もかからずに寝入ってしまえるだろう。いまはただ、そんな徹夜仕事をする機会が訪れなくなってしまった、というだけなのだ。

橋本は手に持ったプリントアウトにまた目を落として、「やっぱり神田さん、キヨシローに思い入れがあったんですね」と言った。

「そういう世代だからな」

「……歳《とし》とか世代だけじゃないような気もするんですけど」

「あの音楽評論家のエッセイよりはましだっただろ？」

冗談とも本気ともつかない口調を、あえて選んだ。

あんのじょう橋本はさっき以上に困惑した顔になり、「熱さは、勝ってると思います」と言った。

あはは、とカンは笑う。酒が少し美味くなった。悪くない感想だ。

キヨシローの追悼という枠ははずさず、けれど評論としての読みごたえも確保しながら、初心者からマニアまで幅広い読者層を鑑《かんが》みて、目配り良く、バランスをとって、業界のさまざまなしがらみにも配慮しつつ……文化部から依頼を受けた評論家のエッセイは、間違いなく、それらの条件を満たしていた。一方、カンの書いた原稿は、あまりにも偏《かたよ》りすぎている。自分でもわかる。キヨシローの追悼を口実に自分の持論を並べ立ててしまったという気もするし、なにより、亡《な》くなったひとに対して優しくなかった。

キヨシローの晩年は不幸だった——。

カンの原稿は、そんな一行から始まっていたのだ。

＊

キヨシローは若い頃から自分のことを「バンドマン」と呼んでいた。ヴォーカリストでもシンガーでもなく、バンドマン――バンドの中の一人なのだ。

RCサクセションは、キヨシローとバックバンドという構成ではない。キヨシローがいて、チャボがいて、リンコさんがいて、G2がいて、コーちゃんがいる、その総体がRCサクセションというバンドだったのだ。

そのRCが無期限活動休止に入ったのは一九九一年から。前年のクリスマスにおこなった武道館コンサートが最後のステージになった。

思えば、彼らがロックの最前線に躍り出たきっかけとなった『雨あがりの夜空に』のシングル盤が発売されたのは一九八〇年一月だったから、RCサクセションとはまさに一九八〇年代のバンドだったのだ。

RCが活動を休止したあと、キヨシローはソロとして活動したり、さまざまなバンドやユニットを結成してきた。

だが、どんなに腕利《うでき》きのメンバーを揃《そろ》えたバンドや、昔馴染《むかしなじ》みの気心知れた連中と組んだバンドでも、長続きしなかった。そもそもキヨシロー自身に、そのつもりがなかったのかもしれない。

一九九〇年代、そしてゼロ年代と、キヨシローは「キング・オブ・ロック」と呼ばれつづけ、若い世代のアーティストからもリスペクトされつづけてきた。ヒットチャートを常ににぎわせるということはなかったが、だからこそ逆に、反体制的な言動を繰り返し、常に社会を挑発してきたキヨシローの存在そのものが――ガンに冒されてからの闘病生活も含めて、紛《まご》うかたなきロックだったのだ、とも言えるだろう。

キヨシローは現役の「キング・オブ・ロック」として逝《い》った。

けれど、彼は、もう何年も「バンドマン」とは呼ばれていなかった。

＊

「ジョン・レノンやポール・マッカートニーと同じだよ」

カンは酒を啜《すす》りながら言う。

「ビートルズ……ですよね」

橋本の相槌が頼りないのは、マグロの握りを頬張っていたせいだけではないのだろう。ジョンもポールも、ビートルズも、橋本の世代にとっては、もはや歴史上の人物と変わらない。あと何年かすれば、キヨシローもそうなってしまうのだろう。

「ビートルズが解散したあとは、ジョンもポールも、バンドマンにはなれなかったんだ」

バンドは結成したのだ。ジョンはプラスティック・オノ・バンド、ポールはウイングス。けれど、どちらもバックバンドとしての役割しか果たせないまま、結局二人はソロになるしかなかったのだ。

「おそらく、ストーンズが解散しても同じだ。キース・リチャーズも、ミック・ジャガーも、ストーンズを超えるバンドは組めない。どんなにすごいギターやボーカルや、ベース、ドラム、キーボード……とにかくメンバー一人ひとりの力とバンドの力とは違うんだ」

橋本はうなずいて、「単純な足し算にはならない、ってことですよね」と応じた。

「掛け算っていうか、相乗効果が出てくるんですよね、いいバンドって。そういうのは、いまでも変わらないと思いますよ」

たとえば、と橋本が挙げた最近のバンドの名前は、カンには半分ほどしかわからなかった。

その代わり、まだ若い橋本には、カンが伝えたかったことの半分ほどしか理解できていないようだった。

「引き算だよ」

「え？」

「バンドは引き算だ」

「いや、だって……」

「メンバー一人ひとりが勝手なことばっかりやって、ワガママばっかり言って、それでもしっかりなにかが残るのが、いいバンドなんだ」

お銚子に残った酒をぐい呑みに注いだ。もう夜が明ける。新しい一日が始まる。

これが最後の一杯になる。

そして、誰かに話すのはこれが最初で最後だろうな――と自分で自分に確認しながら、言った。

「バンドマンだったんだ、俺」

きょとんとする橋本とはあえて目を合わさずにつづけた。

「ずーっと昔のことだけどな」

＊

ショットガン・ホーンズは、決してバンドとして優れていたとは思わない。なにごとにつけても辛辣《しんらつ》なカンだけでなく、ほかのメンバーも、それについては素直に認めるだろう。

ただ、吹奏楽器のバンドだったことは、いまにして思うと、意外と大きな意味があったのかもしれない。

サックス、トロンボーン、トランペット……すべて、ボリュームのつまみはついていない。音色を調整するつまみもない。電気の力に頼ることはできない。すべてがナマの音――それも、指の動きよりもさらに肉体と直結した、息で奏《かな》でる音なのだ。

アンサンブルは、もちろん考えていた。けれど、バランスを取るために演奏を加減することはほとんどなかった。たとえそうしようと思っても、ろくにできなかったはずだ。

高校の吹奏楽部の演奏とは違う。ロックバンドのバックをつとめるときは、ボーカルがいて、ギターやベースがいて、そこに味付けとしてショットガン・ホーンズが加わるという構成だ。主役にはなれない。かといって、脇役《わきやく》のポジションをしっかりと守るほどのテクニックもない。

だから――勝手に吹いていた。

橋本は「そんなことないでしょう」と笑う。謙遜《けんそん》しているのだと勘違いしてしまったらしい。

「こんなところで見栄《みえ》を張ってもしょうがないだろ」

カンは苦笑する。「ほんとに下手くそだったんだから、俺たち」とつづけると、苦笑いの顔から力が抜けていくのがわかった。

「若気の至りってやつですか？」

橋本が珍しく冗談めかして訊いてきた。カンの苦笑いの顔がやわらいでいるのを察したのだろう。

まあな、とカンはうなずいた。頰がさらにゆるむ。皮肉も込めず、強がりでもなく、こんなに素直に笑えるのはずいぶんひさしぶりだった。

「でもな……下手なんだけど、いいんだ、すごく」

「そうなんですか？」

「ああ。絶対に、最高の演奏だった」

聴き返さなくてもわかる。断言できる。五人のメンバーがそれぞれ自分のパートを吹くことだけに夢中だったショットガン・ホーンズは、素人《しろうと》同然のメンバーが集まった、最高のバンドだったのだ。

「好き勝手に吹いてたよ、ほんとに。ひどいもんだったな」

「それでも……最高だったんですか？」

「ああ。どんなに一人ひとりが勝手なことをやっても、最後の最後に、真ん中に、ちゃんと残るものがあったんだ。だから、俺たちはバンドだったんだ。最高のバンドだったんだよ」

　ステージの上でも、ステージを降りてからも、お互いにワガママばかり言い合っていた。若かった。自分の思いをまっすぐに相手にぶつけなければ気がすまなかった。単純だったのか、純粋だったのか、妥協が嫌いだったのか、ただ融通が利かないだけだったのか……すべてまとめて、若かった、としか言いようがない。

　その若さが、たぶん、奇跡のように五人の真ん中に大切なものを残してくれたのだろう。

　当時の演奏を録音したカセットテープは、ショットガン・ホーンズを脱退したときにすべて捨てた。

　昔のことを懐《なつ》かしむのは好きではないんだ、と自分では思っていた。

　だが、いまは、少し違う。

　昔の自分と向き合うのが怖かったから、かもしれない。

昔の自分からいまの自分が目をそらしてしまう日が、いつか訪れることを予感していたから、かもしれない。

きっとそうだな、と認めると、ゆるんだ頬に熱いものが伝い落ちた。

＊

キヨシロー、ごめんな——。

あんたの晩年を不幸だっただなんて決めつけて、ほんとうに、ごめん。

でも、俺はジョン・レノンが死んだときにも同じことを感じたし、ポール・マッカートニーが死んでも同じように思うだろう。キース・リチャーズやミック・ジャガーに対しても、俺は、こう言ってやりたい——「なあ、ブライアン・ジョーンズがいた頃のストーンズがいちばん素敵だったと思わないか?」

バンドはいつか、必ず、終わる。たとえ解散という形をとらなくても、メンバーの死によってバンドの歴史にはピリオドが打たれる。メンバーより長生きのバンドはありえない。逆に言うなら、バンドを組んでドカドカうるさい音を鳴らそうと張り切っている連中は、いつか、誰もが——そう、ほんとうにピンからキリまでの誰もが、もう二度とは戻らないバンドの日々を振り返ることになる。

「ってことはさ……バンドっていうのは、青春と同じ意味なんだよな……」

橋本の返事はない。

目の前が暗く、耳に届く自分の声はくぐもっている。

ああそうか、俺はいまカウンターに突っ伏しているんだな、と気づく。

酔ってしまった。徹夜明けの疲れが一気に全身から染《し》み出てきた。息をつくごとに、突っ伏した頭が重くなる。まぶたも重い。目を開けろ。体を起こせ。みっともないところを後輩に見せてどうするんだ。ほら、起きろ、がんばれ、しっかりしろ……。

負けたんだな、俺は。

ぽつりと、つぶやきが漏れた。

実際に声になったのか、心の中でつぶやいただけだったのかはわからない。

ただ、その言葉を受けて、自然とうなずいていた。

なにに？　誰に？　どうして？　どんなふうに？　その一つひとつをたどることは簡単でも、結果が変わるわけではない。「失敗を次に活かせばいい」「ミスが改善のポイントを教えてくれる」とビジネス書や自己啓発書は言う。そんなのは嘘《うそ》だ。人生にやり直しはきかない。「次」のチャンスは、歳をとるごとに狭まって、痩《や》せていくだけだ。

キヨシローは最後の最後まで、RCサクセションを復活できないかと願っていたらしい。どこかの雑誌の追悼記事に書いてあった。

無理だよ、キヨシロー。

一九八〇年代を駆け抜けた最強で最高のロックバンドが、たとえ二十一世紀に奇跡の復活を遂げたとしても、それはもう俺たちの知っているRCサクセションではない。あんたにだってわかっていたんじゃないのか、キヨシロー。

わ、わ、悪い冗談はやめてくれベイベー……。あんたのおどけたMCが聞こえてきそうな気さえする。

それでも――。

息を詰め、腹に力を込めて、なんとか目を見開いた。よしっ、と低く声を出して体を起こした。

心配そうな顔の橋本と目が合った。

「だいじょうぶですか？　僕、もう食べちゃいましたから、帰りましょうか」

「なあ、橋本……」

「はい？」

「『負けた』ってことと、『終わった』ってことは、違うよな」

「は？」

「絶対に違うよな、その二つは」

「……神田さん、お水もらってますから、飲んでくださいよ」

カウンターにはお銚子の代わりに、冷たい水の入ったグラスが置いてあった。揺れる体をなんとか立て直し、水を呷《あお》るように飲み干した。口の端からずいぶんこぼれてしまったが、ほとんど酒しか入っていなかった胃に、水の冷たさが心地よく染みわたる。

グラスをカウンターに戻すと、それを待っていたように橋本が言った。

「違いますよ、さっきの二つは」

まっすぐにカンを見つめる。

逆にカンのほうが照れてしまって、「まあ、どっちでもいいんだけどな」と冗談に紛らそうとした。

だが、橋本は真剣な顔のまま、「神田さんはまだ、全然、終わってませんから」と言った。ごまかす隙《すき》も与えない強い口調だった。

「僕は……終わってないって、信じてます」

しばらく沈黙がつづいたあと、カンはカウンターに置いた原稿のプリントアウトを手に取り、二つに引き裂いた。

橋本は止めなかったし、驚きもしなかった。むしろ、やっとそうしてくれたか、と安堵《あんど》しているようにも見える。

「ソロのキヨシローも、俺、好きだったんだよな……ほんとは」

ニヤッと笑って言うと、橋本も「僕もそう思ってました」と笑い返した。

＊

店を出ると、空はもうすっかり明るくなっていた。東の空には朝日のオレンジ色も射《さ》している。

橋本がタクシーで帰宅するのを見送ったあと、カンは一人で会社に向かって歩きだした。無茶な徹夜をしたついでに、ひさしぶりに会社のソファーで眠ってみるか——自嘲でも自虐《じぎゃく》でもなく、素直に思った。

意外とぐっすり眠れるかもしれない。

甘いかな、と首をひねると、背中が少しくすぐったくなった。

第六章　こんな気持ち、うまく言えたことがない

1

肩を遠慮がちにつつかれた。ツン、ツン、ツン、ツンというゆっくりとしたリズムが、かえって眠りを深めてしまって、起こされているのはわかっていても、なかなか反応できない。

「アカネさん……ですよね、すみません、アカネさん……起きてください」

若い男の声だった。

それであわてて目を開けた。体を起こそうとして、ほとんど横たわっていたことに気づいた。ひとまず家に帰るというハクブンを見送ったあと、待合室の長椅子《ながいす》に座って、ほんの少し居眠りをしていただけのつもりだったが、眠っているうちに体が横倒しになってしまっていたらしい。

目が合った。アカネが決まり悪さを感じるよりも先に、若い男のほうが恐縮した様

子で頭をぺこぺこ下げた。

「あ……どうも……」

それでいて、「どうも」の先の挨拶《あいさつ》はない。

顔立ちは声の印象よりもさらに若く、幼ささえ感じさせる。服装も襟の伸びたトレーナーにスタジアムジャンパーを羽織って、下は穿《は》き古しのジーンズという普段着だった。

アカネは寝起きのぼうっとした頭で、このひと誰だっけ、と記憶をたどった。知らない顔だった。いや、どこかで見たことがあるような、ないような、あるとすれば、それはごく最近のことのような……。

「アカネさん、ですよね？」

男は念を押して尋ねた。

アカネがうなずくと、正解、ラッキー、助かったぁ、とでも言いたげな顔になった。胸の内がいちいち顔に出てしまう。

記憶がつながった、と同時に、男が名刺を差し出してきた。

いちばん目立つところに『中沢慎也の夕焼け小焼け』のロゴがある。

やっぱり、とアカネはうなずいた。本間と名乗った彼は、昨日の夕方『マルオカ』

からの中継を仕切っていた。あのときはアルバイトだろうと思い込んでいたが、名刺にはディレクターの肩書きがついている。

「チャワンのコーナーの担当？」

「ええ、いちおう……」

「『いちおう』も『におう』もないと思うけどね」

「は？」

「……なんでもない」

「あ、それで、あのですね、えーと、チャワンさんが会いたいって」

あまりにも出し抜けに言われて、驚く前にきょとんとしてしまった。

本間は「とりあえず、そういうことみたいなんですけど」と言うだけで、それまでの経緯も、これからの段取りもなにも説明しない。伝言をしたあとはすべてアカネにおまかせ、ということなのだろう。文字通り、ガキの使い――チャワンもきっと毎日ストレスを溜《た》め込んでたんだろうな、と思う。

「『とりあえず』って、なに？」

「え？」

「『そういうことみたい』って、なんなの？」

「……いや、あの……っていうか、だから……」

アカネはため息交じりに「わかったわかった、もういいから」と手を横に振った。

いちいち突っかかっていたらきりがない。

「チャワンがわたしに会いたいって言ってるわけね？」

「ええ、なんかそうみたいです」

怒るな、わたし――自分に言い聞かせた。

「具合どうなの？」

「なんか、よくわかんないんですけど、さっきまで薬で寝てたんですけど……あ、その薬って、あっちのクスリっていう意味じゃないんですけど」

聞き流せ、わたし――。

「さっきまで寝てて、起きたの？」

「そうなんです、目が覚めて、ウチの番組のプロデューサーとか局のエラいさんたちとしばらく話をしてて、で、昔の友だちも病院に来てるとか教えたら、なんか、会いたいとか言いだしちゃって、それでまあ、とりあえず伝言だけでも、って感じで」

キレるな、わたし――。

だが、本間の口調が軽かったのは、そこまでだった。

「会ってもらえますか？」とあらためてアカネに訊《き》くまなざしには、伝言役にはとどまらない、本間自身の思いもにじんでいるようだった。

アカネも、そのまなざしを正面から受け止めて、黙ってうなずいた。

「局のエラいさんたちも、できればそのとき一緒に部屋の中にいたいって言ってるんですけど……」

アカネは無言のまま、今度は首を横に振った。

ですよね、と本間は苦笑する。伝言が退けられたことに、むしろほっとした様子だった。

いや、安堵《あんど》するだけではなかった。

「オレ……食い止めますから」

頼りなげな顔つきはあいかわらずでも、精一杯の覚悟を込めてその言葉を口にしたのは、アカネにも伝わった。

「絶対に、一歩も病室には入れませんから」

本間は念を押して、「だから」とアカネをまっすぐに見つめる。「チャワンさんの本音とか、心とか、受け止めてあげてください」

「……エラいさんのことを止めたりしたら、まずいんじゃないの？」

本間の真剣さに気おされて、だからこそ少しイヤミっぽく笑ってみた。

だが、本間は真顔のまま「そんなの関係ないです」と言い切って、あらためてアカネに深々と頭を下げた。

「チャワンさんのこと、マジによろしくお願いします。オレ、命張って守りますから、ゆっくり話を聞いてあげてください。本音トークで、チャワンさんの気持ち、ちょっとでも楽にしてあげてください」

命を張る、という大げさな物言いを笑うことは——やはり、できない。

「チャワンさんって、仕事中はずーっと元気だったんです。オレ、チャワンさんがあんなに悩んで苦しんでるなんて、全然思ってなくて……っていうか、気づいてなかったんです、なんにもわかってなかったんです、毎日一緒に仕事してたのに」

悔しさが、声ににじむ。

「オレ、仕事もそんなにめちゃくちゃできるほうじゃないし、チャワンさんにもたぶん迷惑とか、苦労とか、けっこうかけてきたかもしれなくて」

まだまだ言い方は甘っちょろい。ツッコミどころは満載だった。

だが、自分の不甲斐《ふがい》なさを悔やんで、責める思いだけは、間違いなくホンモノだとわかる。

「だから、オレ……チャワンさんに申し訳なくて……なんで、なんにもわかんなかったんだろう……」

本間はうつむいてしまった。声の悔しさが、悲しさに変わる。

アカネは、やれやれ、と肩の力を抜いて苦笑した。

「しょうがないよ」――息子を慰めるような口調になった。

「でも……」

「あなたはまだ若いんだもん。大学を出たてとか、それくらいでしょ？　まだチャワンの半分ぐらいしか人生やってないんだから、わかるわけないっていうか、わかられると困るっていうか……」

話しながら、そうだよね、と自分自身に語りかけた。

毎日の暮らしの中で澱《おり》のように胸に溜まっていくものは、確かにある。重くて苦くて、うっとうしい澱だ。そのうっとうしさを誰かにわかってほしい、と思う。わかってもらえないと腹も立つ。そのくせ、簡単に「わかった」と言われるのも嫌なのだ。わかってほしいのに、わかってほしくない。少なくとも「わかった」と言葉に出してほしくない。「わかった」と言わずにわかってほしい。わかっていることに気づかないほどさりげなく、できれば「わかってないんじゃないか」と疑わせつつ、「なーんだ、やっぱりわかってたんだね」と安心させてくれるパターンなら、なおいい。身勝手でも、矛盾でも、ひねくれていても、それが本音だった。

あんたもそうでしょ――心の中でチャワンに声をかけた。

ね、そうでしょ、そうだよね――キョーコにも言った。

あんたはだいじょうぶ？　奥さんのこと、ちゃんと、さりげなくわかってあげなきゃダメだよ――思い浮かべたハクブンの顔は、あんのじょう、「ヤバいかも……」と困惑している。

で、ほら、あんたは、そういうところがいちばん苦手なんだと思うけど、もし再婚するんだったら、今度はバツイチの教訓を活《い》かさないとね――カンちゃんはムッとした顔をして、それでも「わかったよ、うるさいな」とうなずいてくれるだろう。

フフッと笑ったアカネは、その笑顔を本間に向けて、言った。

「ねえ、本間くんだっけ……本間くんは、RCサクセションって知ってる？」

「はあ……いちおう、とりあえず」

「『トランジスタ・ラジオ』っていう曲があるの。わたしたちが高校生の頃の曲で、ヒットチャートの順位はそれほど高くなかったけど、すごくいい曲で、RCやキヨシローのライブでは定番になってたの」

「あ……それって、もしかして……」

チャワンの携帯電話の着信メロディーだった。

「ほんと？」

「マジです。なんか、ラジオの仕事をしようと思ったのも、その曲が大好きだったから、って言ってました」

そっかあ、とうれしくなった。そうだったんだね、と悲しくもなった。

授業をサボって校舎の屋上でラジオを聴く、勉強が嫌いな少年を歌った詞だ。居眠りばかりしていたので目が小さくなり、あくびばかりしていたので口が大きくなってしまったという少年の顔は、いまにして思うと、ぷくぷくと太ったチャワンのまんまるな顔に、どこか似ているのかもしれない。

「その曲、サビのところにこんなフレーズがあるの」

こんな気持ち、うまく言えたことがない――。

メロディーをつけて口ずさむと、本間も聞き覚えはあるのだろう、はいはいはい、と拍子を付けてうなずいた。

アカネは「名曲だよね、ほんとに」と笑って、本間から視線をはずした。屋上から空と街を眺めるときのまなざしになった。待合室に窓はなかったが、壁の時計は午前五時を回っている。もう夜が明けて、外は朝日に照らされているだろう。

「結局ね、いくつになっても、そうなの。オトナになって、オバサンとかオジサンとかになっても、自分の気持ち、いろんな気持ち、うまく言えたことなんて一度もないんだよね」

みんなそうだよ、とつづけた。

なんでだろう、と首をかしげた。

「いろんな経験を積んで、世の中とか人生について、若い頃より少しはよくわかるようになったはずなんだけど、たいせつな気持ちって……やっぱり、うまく言えないんだよね」

むしろ若い頃のほうが、たやすく言葉にできた。思いを言葉にすることの怖さに、まだ気づいていなかったからだろうか。

「ねえ、本間くん」

「はい……」

「悪いけど、先にチャワンの病室に行っててくれる？　わたし、ほら、徹夜明けだから、お化粧だけ簡単に直したいし、チャワンだって顔ぐらい洗ってから会いたいと思うから」

「いや、でも……」

「そんなのどうでもいいことじゃないか、って？」

「ええ……」

「どうでもいいことだから、しなきゃいけないんだよ」

そこは譲れない。自分のためにではなく、チャワンのために——いや、同じステージに立って、同じ曲を演奏していた、あの頃の自分たちのために。

ほら行って行って、と笑って本間を追い払いながら、チャワンに伝言を頼んだ。

「見栄《みえ》を張る準備しときなよ、って」

本間はさらに不服そうな顔になったが、ここも譲れない。

「弱くてカッコ悪いところを見せないのが、オトナのたしなみってものなんだからね」

「だって、チャワンさんとアカネさんって友だちでしょ？　親友なんじゃないんですか？」

まだまだ若い。まだまだ青い。

だが、オトナの目にはうっとうしい若さや青さが、ほんとうは、少しうらやましくもある。

親友だから、弱くてカッコ悪いところは見せたくないし、見たくない。それを「見栄」や「強がり」と呼んでしまうと誤解されるのはわかっていて、もっと別の言い方をすべきだと思っていても——こんな気持ち、うまく言えたことがない。

「とにかく、チャワンにもきちんと準備させてあげて。わかった？」

「はい……」

どこまで理解できているのかは心もとなかったが、かまわない、いまはピンと来なくても、いつか、わかる。その「いつか」を最大限に信じて、いろいろなものを「いつか」に背負わせてしまえるのが、若さの特権なのだろう。けれど「いつか」は、必ず「いま」に追いつかれてしまう。もうこれ以上の先送りはできない。バラ色の夢を見ているわけにはいかない。たとえどんな「いま」であろうとも、自分が生きているのは、この「いま」以外にはないんだと受け容《い》れた瞬間、ひとはオトナになるのだろうか。だとすれば、チャワンはオトナになりきれずに苦しんでいたのだろうか。でも、じゃあ、わたしはどうなのだろう。キョーコやハクブンやカンちゃんはどうなのだろう。そもそも、オトナになりきれないのはよくないことなのだろうか。逆に、オトナにならずにすむのであれば、それに越したことはないのだろうか。オトナになるのは幸せなことなのだろうか、不幸せなことなのだろうか。

「いま、幸せですか？」と、わたしはチャワンに訊いた。それは「いま、オトナになっていますか？」と同じ質問だったのかもしれない。なぜあんなことを訊いたのだろう。わたしは、どんな答えを求めていたのだろう。わたしなら、どんなふうに答えるのだろう。考える間もなく、答えはちゃんとわかっているような気もするし、そんなことないような気もするし——こんな気持ち、うまく言えたことがない。

ふう、と息をついて、アカネは本間に言った。

「これからもチャワンのこと、よろしくね」

「あの、でも……」

「わかってる。リポーターの仕事はもう無理だと思うし、会社もクビになっちゃうかもしれないけど、チャワンがお酒を飲みたくなったりしたときには付き合ってあげてよ。おばさん相手だとつまんないと思うけど、ま、親孝行のつもりでいいじゃない」

本間は戸惑いながらも、「ねっ？」とアカネが念を押すと、ぺこりとうなずいた。そして頬が赤い。耳たぶも赤い。困惑したのは意外と別の理由だったのかもしれない。そしてチャワンのほうも、仕事中にはカリカリ来ることばかりだったとしても、あんがい本間の存在が救いになっていたときも少なくなかったかもしれない。

よかったじゃん、チャワン、この子いい子だよ。心の中でそうつぶやくと、うれしいような、悔しいような、アタマに来るような、せつないような、うらやましいような――こんな気持ち、うまく言えたことがない。

「じゃあオレ、先に病室に行ってますから、すぐ来てくださいね」

本間が小走りになってエレベーターホールに向かったあと、アカネは目をつぶって何度か深呼吸をした。

よし、行こう、と目を開けて立ち上がったとき、フロアの奥まったところに人影が見えた。

髪をツンツンに立てた男だ。原色のラメ入りスーツで決めた、ど派手な男だ。どぎついメークもしている。レトロなデザインのマイクを持っている。

スポットライトが天井から降りそそいだ。まぶしい。どんどんまぶしくなる。光が強すぎて、男の姿がその中に溶けて、溶けて、溶けて……消えてしまった瞬間、懐《なつ》かしい声が聞こえてきた。

愛しあってるかい――？

2

「ほんとだよ」

アカネは言った。「ほんとにキヨシローがいたの」――ついさっき、一階の外来ロビーに。

チャワンはベッドに横たわったまま小さくうなずいた。驚いた顔をしていたし、微妙な苦笑いを浮かべてもいたが、疑っている様子ではなかった。

「愛しあってるかい？　って訊かれたんだよ」――あの声で、あの言い方で、髪をツンツン立ててマイクを持った、あの姿で。

「なんて答えたの？」

チャワンが訊いた。ラジオで聴くときよりも、さらに声がしわがれている。カサカサと紙を擦《こす》り合わせるような、ほとんどため息と区別のつかない声でもあった。無理もない。容態はなんとか落ち着いたものの、医師からは面会は五分以内にするよう厳命されている。

「それが、わかんないの」

アカネは肩をすくめて答え、「嘘《うそ》みたいな話なんだけど、キヨシローに訊かれた瞬間、記憶が飛んだの」とつづけた。

まぶしい光の中にキヨシローはたたずんでいたのだ。声も、そこから聞こえてきた。まぶしい声だった。耳ではなく目に飛び込んでくる声だった。そのまぶしさに目がくらんで、たじろいで、アカネの体も光に包まれた。

そこから先はなにも覚えていない。気がつくとチャワンの病室に向かう廊下を歩いていた。病室の前にはラジオ局の関係者が何人も詰めていたが、アカネを邪魔する者はいなかった。本間が、決死の覚悟に満ちた面持ちで通せんぼをしていたせいもあるのかもしれない。約束を守った。いまどきのワカゾーもまんざら捨てたものではない。

「ぜんぶ夢だったのかもしれないけど……でも、やっぱり、ほんとにキヨシローがいたんだよ。ほんとに、声をかけてきたんだよ」

うん、とチャワンはうなずいた。

「それが、すごくうれしかった」

笑って言うと、だよね、とチャワンも笑い返した。頼りなげな微笑《ほほえ》みだった。ほんのわずか頬のゆるみ具合が変わっただけで泣き顔に変わってしまいそうにも見える。それでも、チャワンはいま確かに微笑んでいて、そのことがアカネにもうれしい。

「キヨシロー、派手だった？」

「うん、思いっきり派手で、目元のメイクのどぎつさは、アレだね、ＲＣの頃の感じだったね」

「そっかあ……」

　チャワンの表情に少しずつ生気が宿ってくる。

　貴重な面会時間だ。話すべき事柄は他にいくらでもありそうな気はするし、肝心なことがなにも話せず、なにも訊けず……で終わってしまうと、あとでひどく悔やんでしまいそうな気もする。

　それでも、チャワンはアカネに重ねて訊いた。

「で、キヨシローはなにか歌ってなかったの？」

　アカネも「ちょっと待ってね、なんとか思いだしてみる」と返し、うーん、と考え込むふりをして、アカネ自身が聴きたかった歌を口にした。

『トランジスタ・ラジオ』もいい。

『スローバラード』も、もちろん、悪くない。

　だが、いまは――。

「『ドカドカ』を歌ってた、かな」

略して言った。それだけでチャワンには通じる。一九八三年にリリースされたアルバム『ＯＫ』に収録され、その後のＲＣやキヨシローのライブでの定番ナンバーになった曲――『ドカドカうるさいＲ＆Ｒバンド』のことだ。

チャワンは、ふうん、と頬をゆるめた。微笑みが深くなる。まなざしがしっかりしてくる。通じたのは、曲名だけではなさそうだった。

「『ドカドカ』のどこのフレーズを歌ってたの？」

その問いを、アカネも待っていた。

だから、すぐに口ずさんだ。

イキがったりビビッたりして／ここまで来た

ツアーがどこに行くのか／誰も知らない

ほんと、そうだよね、と思う。

みんな同じだよね、とも思う。

「学生時代には、全然わかってなかった。キヨシローの書いた詞のことなんて、ほんと、全然わかってなかったのに……なんで沁《し》みたんだろうね」

アカネがつぶやくように言うと、チャワンも「考えてみたら、キヨシローがRCをやってた頃って、いまのわたしたちよりずーっと年下なんだよね」と応《こた》えた。

「まあ、でも、そんなこと言いだしたら、みんなそうだよ。ジョン・レノンだって、ストーンズの連中だって、ボブ・ディランだって……学生時代に聴いてた頃は、みんな、いまのわたしたちより若かったんだから」

「でも……沁みてたよね」

「うん、沁みてた。ワカゾーのつくった歌詞やメロディーが、もっとワカゾーだったわたしたちの胸に、じんじん沁みてた」

「で、いまでも沁みる」

「いまのほうがもっと沁みる」

言えた、とチャワンは笑った。

でしょ、とアカネも笑う。

それでやっと——なぜだろう、二人とも、本題に入る踏ん切りがついたのだった。

「本間くんから聞いたけど……さっきまで、みんないてくれたんだってね」

「そうそうそう、そうなのよ、ちょっと聞いてよ、チャワン」

おばさんならではの大げさで馴《な》れ馴《な》れしい身振り手振りを交えてみた。最初は少しでもチャワンを笑わせるためのお芝居のつもりだったが、やってみると意外とすんなりと、ごく自然に押しの強い声が出た。「ほんとにもう、まいっちゃったんだから」と手もなめらかに動き、「いろいろあるの、ほんと、みんな大変なんだからさあ」と肩の力もうまいぐあいに抜けた。なんだか自分のホームグラウンドにようやく帰ってきたような気さえする。「なんなのぉ？」とあきれ顔で言うチャワンのほうも、なんとなく、ほっとしているように見えなくもない。

「ハクブンはリストラされて、いま再就職先を探してるところ」

「そうなの？」

「カンちゃんはバツイチで、会社の出世コースからもはずれちゃった」

「やだぁ……」

「で、キョーコはこの歳《とし》になって二歳児のママ」

「そういえば、昨日、スーパーマーケットで見たとき、子どもいたね」

「いたんだよ。あんたはすぐに逃げちゃったんだけど」

「……ごめん」

ま、いいけど、とアカネは笑って、指を二本立てた。

「双子ってところまでは見てなかったでしょ」

うそ、とチャワンは目をまるく見開いた。

「ついでに言うとダンナは中国に単身赴任中で、もっとついでに、よけいなこと言っちゃうと、ひょっとしたら、このままシングルマザーになっちゃう可能性もあるかもね」

チャワンに話しながら、みんな大変なんだなあ、とあらためて思った。

チャワンも、いったん大きく見開いた目をゆっくりと閉じて、なるほどね、と息をつくようにうなずいた。

キヨシローの言うとおりだ。ツアーがどこへ行くのか誰も知らない。それは悲しいことなのか。寂しいことなのか。困ったことなのか。不幸せなことなのか。

チャワンは目をつぶったまま、言った。

「じゃあ、アカネは？　もう子どもさんも大きくなってるんだよね？　大学生ぐらい？」

そう——。

「元気でやってる……みたいだね、見た感じだと」

だから——。

「幸せかどうかってさ、アカネがみんなに訊くのって、けっこう残酷だったんじゃないの？」

目を開ける。アカネを見つめる。責めたり咎《とが》めたりする強いまなざしではなかった。むしろ、すべてを見透かして、アカネをいたわるような優しさに満ちている。

それで逆に、アカネはひるんでしまう。気おされて、つい目をそらしそうにもなってしまう。

キヨシローに会っていなければ、黙ってうつむいて、それっきりになっていただろう。

だが、アカネはチャワンのまなざしをまっすぐに受け止めて、「でも」と言った。おだやかな声になった。自分では意識していなかったが、もう声に微笑みも溶けていた。

「でも……なに？」とうながすチャワンの声も、かすかに笑っている。

「みんな幸せだった」

アカネは言った。

「そう？」

チャワンは返す。くすぐったそうな声になる。

「それはみんな大変だったし、元気じゃないひともいたけど……でも、幸せだったよ、みんな」

アカネはそうつづけて、あんたもね、と目配せした。

チャワンは今度は黙って、くすぐったさが首筋にも移ってしまった様子で肩を軽くすくめた。

思いわずらうことはたくさんある。元気かどうかはわからない。いつもいつも屈託なく笑えるわけでもないし、なにより若くない。体のあちこちにガタがきて、心もへばり気味になってしまった。

それでも――。

「ツアーは終わってないからね」

アカネは言った。

「どこに行くのかわからないけど、とにかく、まだ、終わってない」

きっぱりと言い切った。

「終わってないと、幸せなの？」

チャワンが訊く。自分ではわからない答えを知りたがっている口調ではなかった。自信のあるテストの問題の答え合わせをするような……いや、もっとふさわしい譬《たと》えをするなら、ショットガン・ホーンズのステージで、アカネはアルトサックスを、チャワンはバリトンサックスを吹きながら、互いに目を見交わして、うなずき合って、ナマイキながらアドリブを入れようとするときの、あの呼吸に似ていた。

アカネにもわかる。だから、男の子が口をとがらせて言い返すように「だってさー……」と応えた。

「ツアーが終わってないうちは、次のステージがあるんだから」

「ふうん」

「明日のライブはがんばろうぜ、って言えるんだから」

「ふうん、ふうん」

「みんなのツアーの行き先はバラバラなんだけど、でも、みんな、自分のツアーをまだつづけてる」

「ふうん、ふうん……ふうん……」

「もうバンドじゃなくなったけど、わたしたち、みんな、まだ自分の楽器を鳴らしてる。必死に吹いてる。それって、やっぱり、絶対に、誰になんと言われようと、幸せなことなんだってば」

チャワンの目が赤く潤《うる》みはじめた。

「だからさ、チャワン、次のライブはがんばりなよ」

アカネの声も震えた。

チャワンは相槌《あいづち》すら打てない。

アカネも、もう、やだ、ほんと、あんたさあ、まったくさあ、と手を振って空気を何度もひっぱたくだけだった。

病室の外が急に騒がしくなった。「待ってくださいよ、まだいいじゃないですか」と本間の声が聞こえる。

ドアがノックされた。

アカネとチャワンは見つめ合う。言葉に出さなくても、目配せすらしなくても、もう、気持ちは一つだった。

チャワンはハナを啜《すす》り、目尻《めじり》に残った涙を指でぬぐった。

じゃあね、とアカネが口を動かすと、チャワンもうなずいて、「はーい」とノックに応えた。ハスキーボイスに、涙の名残の微妙な湿り気が加わった。

3

「なにやってんの、肝心なこと、なーんにも訊いてないわけ？　これからどうするつもりなのかぐらい訊かないと困るでしょ」

　キョーコには電話でさんざん説教された。

「アカネってさ、高校時代からそうなんだよね。張り切っておせっかいをするくせに、大事なところで話をごまかしちゃうんだよ」

　悪い気分ではない。「ごめんごめん」と謝って、「『ごめん』ですんだら警察は要らないでしょ！」とオバサンじみた一言で叱《しか》られるのも、いい。誰かにポンポンと言いたい放題に叱られるのは、ずいぶんひさしぶりだ。

「チャワンのケータイとかメアドは訊いた？」

「……忘れてた」

「なんなのよ、もう、信じられない、ほんと」

　もどかしそうに言う。けれど、「ま、わたしでも訊いてないかな、そこは」と認めるあたり、キョーコも歳を取って少しは丸くなったのだろう。

「でも、チャワンはだいじょうぶだよ。落ち着いたら、あの子から連絡くれると思う」

「それくらい、アカネに言われなくてもわかってるってば」

　また叱られた。

やれやれ、とアカネは苦笑して、すっかり白んできた空を見上げた。午前六時。新しい一日が始まる。それぞれのステージで、それぞれの歌が始まる。たとえば、キョーコのステージは――「ママーッ！　理香ちゃん、おねしょしてるーっ！」の文太の声で、今日という一日の幕が開く。

「ちょっと、もう、やだぁ……理香ちゃん、お風呂場《ふろば》行ってパンツ脱いで、文太はシーツの濡れてるところ踏まないで、ほら、早く早く……」

キョーコが「チャワンどうなった？」とアカネの携帯電話を鳴らしたのは、朝六時前。七時になったら電話をかけるつもりだったアカネが予想していた以上に、双子のいる朝は忙しい。毎朝五時半には起きて、文太と理香が目を覚ます前の時間をつかわないと、自分のことはなにもできないのだという。

アカネは、そのあわただしさに微妙な懐かしさと、もっと微妙なうらやましさを感じつつ、「じゃあね」の一言で電話を切った。

キョーコは「ごめん、また連絡するから」と早口に言ったが、たぶん、次に電話でおしゃべりをするのはずっと先のことになるだろう。それでいい。同じ曲を同じステージで演奏しないとバンドじゃない、なんてことはないんだよ、ほんとはね――ショットガン・ホーンズ解散に落ち込んでいた頃の自分たちに教えてやりたい。歳を取るのは悪いことばかりではない。強がりでも負け惜しみでもなく、いま、そう思う。

仮眠中に起こされたカンは、アカネがチャワンとキョーコの話をしても、不機嫌そうに「わかったわかった」と返すだけだった。

それでいい。カンはそうでなくては困る。一人ぐらいは過去をうっとうしがるメンバーがいてくれたほうが、むしろうれしい。

「ねえ、カンちゃん、一つ訊いていい？」

「……なに？」

チャワンやキョーコには訊きそこねていたことだった。あらためて訊かなくても、答えがちゃんとわかっていることでもあった。

「ね、カンちゃんは、いま幸せ？」

虚を衝《つ》かれて少し口ごもったあと、カンは怒った声で言った。

「あったりまえだろ、なに言ってるんだよ」

予想どおりだった。口調も、その前の一瞬の沈黙も含めて——カンもまだ、自分のツアーはつづいているのだろう。

最後はハクブン。病院の駐車場に向かって歩きながら電話をかけた。

朝六時半。ゆうべはほとんど徹夜だったから、まだ眠っているだろう——なにしろ、失業中なのだし。留守番電話に一言「ゆうべはお疲れさま」とだけ入れて、お互いに気が向けばまた連絡を取り合えばいいと思っていた。

ところが、電話はすぐにつながり、「よお、おはよう」と応えるハクブンの声は寝起きとは思えないほどしっかりしていた。

「もしかして、徹夜明け？」

「いや、さっきまで寝てた。二時間ほどだったけど、よく眠れたよ」

実際、声には眠気のかけらもない。目を覚ましてから電話に出るまでの間に、頭と体のエンジンがしっかりかかっている感じだった。

「……で、いま、なにしてるの？」

「探してるんだ」

「なにを？」

「昔のトランペット」

「はあ？」

「最初はウチの押し入れだと思ってたんだけど、探しても見つからなくて……いまはマンションのトランクルームに入って探してるんだけど」

言われてみれば、ハクブンの声には微妙な息の荒さも交じっていた。棚に積み上げた段ボール箱を降ろしては蓋《ふた》を開け、空振りと知ってまた戻す……というのを繰り返しているのだろう。

「でも、どうしたの？」

「教えてやりたくて」

誰に――。

なにを――。

アカネの頭の中で記憶がつながった。

「ひょっとして……淳くん？」

「そう。昨日も言ってただろ、パフォーマンスを教えて、自信と楽しさの前借りをさせてやろう、って」

確かに話していた。ニュータウンの空に一瞬だけ浮かんで消えたキヨシローの幻に導かれるようにして。

「あいつのためっていうより、俺が回してみたくて」

「トランペットを？」

「そう、うまくできるかどうかわからないんだけど、いまならできるかも、って」

声が途中から遠くなった。「悪い、スピーカーにするから」――トランペットを探す手を休めたくないのだろう。

アカネは病室で会ったチャワンの様子を伝え、キョーコやカンと電話で話したときのことを伝えた。説明にしては気ぜわしい話し方になってしまった。

しゃべりながら迷っていた。弾丸ツアーのラストを、どう締めくくればいいのか。

会うべき人に会えた。話すべきことは話した。思いが届いたり届かなかったり、わかり合えたり合えなかったりして、音はきれいに揃《そろ》わなくても、とにもかくにも、二十三年ぶりのジャムセッションは終わったのだ。

あとは、ステージで言うならアンコール――それをどうすればいいだろう。

ハクブンはチャワンの今後を心配しながらも、「でも、ここから先は俺たちが口出しするものじゃないよな」と言った。「冷たいかもしれないけど、やっぱり、そうだと思う」

「……冷たくなんかないよ、全然」

「キョーコも、カンも、がんばってほしい。でも、それだけだ」

「……うん」

踏み込まない。手を差し伸べない。見守るわけでもない。

「俺たちみんな、ずーっと会わなかったんだし、会わなくても全然平気だったんだし、ゆうべの再会をきっかけに付き合いが復活して、へたすればショットガン・ホーンズの再結成なんて……だめだよ、そんなの」

なにがどうだめなのか、ハクブンは言わなかったし、アカネも訊《き》かなかった。質問して、答えると、あんがい「再結成しようか」という流れになってしまうかもしれない。

だが、アカネは自分でも意外なほどすんなりと「だよね」と応えた。「だめだよ、そんなのは、絶対に」

ウチのダンナに釘《くぎ》を刺しとかないと、ともひそかに思う。あのひと、すぐにそういう展開にしたがるからなあ――。

「あれぇ？　これも違うか……」

ハクブンの声が少し遠くなる。「この箱だと思ってたんだけどなあ」

あーあ、というため息交じりの落胆の声には、あくびも一緒に溶けていた。

「ねえ、ちょっと休んでから探したほうがいいんじゃない？」

「うん、でも、早く見つかったら、朝のうちに学校まで行けるから」

「約束してたの？」

「いや……そういうわけじゃなくて……」

登校してくるところを捕まえるつもりだった。事情を話して、体育館の裏に回ってもらって、パフォーマンスを教える。

断られるかもしれないし、そもそも会えないかもしれない。

可能性としては、放課後まで待ったほうがいい。それはよくわかっていても、いますぐ——朝のうちに、行きたい。

「あいつのためじゃなくて、俺が、行きたいんだ」

夕方までの半日で、なにかが変わってしまう。いま、この瞬間に確かにあるものが、消えうせてしまう。

「昨日アカネと会って、ひと晩の間にいろんなことがあって……そのラストのラストにしたいんだ、あいつにパフォーマンスのお手本を見せるのを」

それを聞いて、アカネもやっと、自分なりのツアーの締めくくり方がわかった。

「ねえハクブン、わたしも行く。ここからだと一時間ほどで着くから、近くで待ち合わせて、一緒に行こう」

家に帰ると、ツアーが終わってしまう。最後の最後に、もう少しだけ。家に帰るまでが遠足――寄り道も遠足のうち。

ハクブンは「いや、でも……」と言いかけたが、すかさず「だから早く探さなきゃ、ペット」と急《せ》き立てた。

ハクブンも「せっかちな奴《やつ》って長生きできないんだぞ」と、せめてもの憎まれ口を叩《たた》きつつ、また箱を開けていく。

何度か「違うか」「なんでだろうなあ」とひとりごちたあと、自分に言い聞かせるようなつぶやきが続いた。

「あるんだよ、絶対にあるんだ……捨ててないんだから、どこかに、絶対にあるんだよ、マジ……」

　その言葉を、アカネは目を閉じて聞いた。

　そうだよ、と心の中で応える。

しまった場所は思いだせなくても、捨てていないことが確かなら、それはどこかに、必ず、ある。

　忘れることと、なくすことは違う。てっきりなくしていたと思っていたけど、じつは忘れてしまっていただけ――そんなものがたくさんあるといい。

「あった！」

ハクブンが快哉《かいさい》を叫ぶ。

「やったね！」

アカネはキヨシローになったつもりで、クラッカーを鳴らし、紙吹雪を舞い散らせた。

最終章　何度でも夢を見せてやる

1

小説には二種類ある。

日付のない小説と、ある小説——。

作品内で示される単純な年月日という意味ではない。作品の外、すなわち現実と重なり合うことで物語そのものに大きな影響をおよぼす、そういう年月日が刻まれた作品が、私にとっての「日付のある小説」なのだ。

個人的には自分の書くフィクションは「読み物」「お話」と呼びたいのだが、ここではつまらないこだわりを捨てて、最もわかりやすい「小説」という呼称をつかわせていただく。

私は、これまでたくさんの小説を書いてきた。その中には、もちろん、日付のないものもあれば、日付入りのものもある。同業者と比べると、日付入りの小説の割合が多い書き手ということになるだろうか。たとえ物語の舞台となる年月日をストレートに記しているわけではなくても、固有名詞や言葉の言い回しなどで、大まかな日付が、要するに時代背景というやつが特定できる作品が多い。まったくの虚構をつくりあげていく想像力や構築力が、資質として欠けているのかもしれない。

いま最終章を書きつつある「ハレルヤ！」もまた、日付入り――日付なしには成り立たない種類の小説である。

二〇〇九年五月九日――。

偉大なるソウルマンの葬儀が青山葬儀所で営まれた日を、物語の始まりにした。ただし、それはプロローグの舞台である。実質的な物語の舞台は、葬儀の三日後の五月十二日から十三日にかけてのたった一夜だった。

しかし、その日付は、二〇〇八年や二〇一〇年ではいけない。同じ二〇〇九年でも三月では意味がないし、六月だと物語の色合いが大きく変わってしまう。

物語の狂言回しをつとめるアカネは、旅立つ理由を、夫の「私」にこう語った。覚えているだろうか。

「わたしは、たぶん待ってたんだと思う。待ってたことに気づいてなかっただけで、ずーっと待ってたのよ」

なにを——と「私」は訊《き》いたのだ。

アカネの答えは明快だった。

「世界のなにかが変われば、わたしも一緒に変われる、って」

それは物語全編を貫く、この小説のモティーフとなった。

もちろん、てらいなく肯定するつもりはなかった。むしろ、アカネの願いは、ある種のほろ苦さとともに語られなければならない、と考えていた。それがどこまで果たされたかは、はなはだ心許《こころもと》ないところなのだが、さしあたっていまはそこには触れずにおきたい。

とにかく、二〇〇九年五月のアカネを懐《なつ》かしい仲間たちとの再会の旅へと駆り立てたのは、キヨシローの死だった。アカネにとっての世界は、確かに「キヨシローがいる世界」から「キヨシローがいない世界」へと変わったのだ。

しかし、いま、もう一つの——もっと大きな「世界のなにか」が変わってしまった。ヒッチコック劇場のヒッチコック監督よろしく物語の冒頭とおしまいにだけ顔を出すつもりだった私も、「ハレルヤ！」という小説の書き手として、いくつかの口上を申し上げなければならなくなってしまった。

私が「ハレルヤ！」を書きはじめたのは二〇〇九年五月——物語の始まりときれい

に重なり合っている。

意識的にそうした。どうしても日付を入れたかったし、日付入りにしなければならないんだ、とも思っていた。「新刊展望」という雑誌に小説を連載することはだいぶ前から決まっていて、そのための構想も胸に温めていた。連載第一回の締切は五月半ば過ぎである。ゴールデンウィークが明けたらそろそろ書き始めるか……と思っていた矢先に、キヨシローの訃《ふ》報《ほう》に接した。その瞬間、胸の中にあった長編小説の構想はこっぱみじんに吹き飛んでしまったのである。

なにしろキヨシローなのだ。

キヨシローが、もう、この世界からいなくなってしまったのだ。

これは興味のあるひとだけ聞いていてくれればいい話なのだが、私の書いた初めての小説は、田舎町の高校三年生が受験前の日々を学校の屋上でうだうだと過ごす物語だった。発表のあてもなく書き進めているとき、頭の中ではいつもＲＣサクセションの『トランジスタ・ラジオ』と『スローバラード』が鳴っていた。私はその小説を二十五歳のときに書き、二十八歳で出版してもらい、それがデビュー作となった。

キヨシローがいなかったら小説など書いていない——とは言わない。

ただ、キヨシローがいなかったら、私の初めて書いた小説はまったく違うテイストになっていたはずだし、その後の小説もいまとは違う肌触りのものになっていただろうな、とは思う。

そんなキヨシローがいなくなってしまったのだ。物語の中でもつかった言い方をするなら、長い長いツアーに出てしまったのだ。

亡《な》くなった二〇〇九年五月二日という日付を、物語の中に刻んでおきたかった。その日なにか大切なものが終わってしまい、と同時に、別のなにか大切なものが始まったのだ、という物語にしたかった。

「ハレルヤ！」という小説はそういういきさつで始まり、間もなく――連載でいうなら、あと二回で終わる。

二年間におよぶ連載だった。執筆開始時点ではきれいに重なり合っていた物語の日付と現実の日付は、連載を進めるにつれてずれてくる。特に「ハレルヤ！」は時間の流れが遅い小説である。先ほども申し上げたとおり、物語の中で流れる時間は、わずか一昼夜しかない。キヨシローの葬儀から数えても五日である。その間に、あたりまえの話だが、現実の時間はどんどん先に流れていった。

いまは二〇一一年三月――。

ほんの数日前に、マグニチュード9・0の巨大地震と、それに伴う大津波が東日本を襲った。

戦争や自然災害や疫病などの大きな厄災は、時代を否応なしにその前と後とに切断してしまう。いまは、だから、震災後である。

もっと細かく言うなら、やがて「震災後」と名付けられるはずの時代の、始まりの日々。

まだ被災地の被害の全貌《ぜんぼう》すら明らかでなく、福島原発の危険な状況もつづいている。原発事故をめぐるさまざまな情報が錯綜《さくそう》するなか、被災地のことを忘れるなと言い聞かせながらも、私の暮らす東京でも、日々の生活は不安と不信ばかりがつのる。街を覆《おお》いつくした不穏で不吉な空気は、しばらくの間は立ち去りそうにない。

だが、アカネもハクブンも、キョーコもチャワンもカンも、二〇〇九年初夏の「いま」を生きている。そこから二年もたたないうちに未曾有《みぞう》の災厄がこの国とわれわれを襲うことなど、夢にも思っていない。

フィクションとはそういうものだ、と頭では理解している。そんなこと言い出せば歴史小説や時代小説はどうなってしまうのだ、と叱《しか》られてしまうと、まったくもって返す言葉はない。

それでも、私はいま確かに、物語の中の二〇〇九年五月と現実の二〇一一年三月の狭間《はざま》にいる。

「ハレルヤ！」という物語は間もなく終わる。

騒然とした二〇一一年の世情のなか、「ハレルヤ！」は二〇〇九年五月で幕を閉じる。ショットガン・ホーンズの演奏はそこで終わり、アカネたちはステージを降りることになる。

その後のアカネたちの人生は、書かないつもりだった。いままでも私は数多くの小説をこういう形で閉じてきた。ほのかな光は物語の中で描いておいたし、光と背中合わせの翳《かげ》りも、ほろ苦さとともに描いておいたつもりである。あとは読んでくださったひとにまかせる。「いまごろアカネたちはどんな暮らしをしているんだろうな」とつぶやいていただければ……と願ってもいた。

その思いは、いまも変わってはいない。これからも変わらないだろう。

それでも、二〇〇九年五月のラストシーンを二〇一一年の読者に届けることにはためらいがある。わずか二年後にアカネたちを待ち受けている厄災を、私はすでに知ってしまったのだ。それに気づかないふりをして、「二〇〇九年六月以降のアカネたちはどうなるでしょうね、幸せに生きているでしょうか、さあ皆さんご想像ください」と気を持たせるのは、私にはできそうにない。

二〇〇九年五月にアカネたちを包んでいた未来の予感は、おそらく、二〇一一年三月十一日を境に大きく揺らぐことになるだろう。

アカネだけではない。ハクブンも。キョーコも。チャワンも。カンも。

彼らが被災するという意味ではない。身内や知人を亡くしたり、家屋や仕事を失ったりというのとも違う。

もしかしたら、彼らの日常生活は、いまの動揺や混乱の時期をやり過ごせば、あとはまたいままでどおりに流れていくのかもしれない。

それでも私は思うのだ。彼らは皆、ヒビが入ってしまっただろう。目に見えない胸の奥のどこかに、小さいけれど、じつは深く切れ込んだヒビが。

そして、そのヒビは、彼らが目の前の「いま」を生きるときよりも、むしろ「未来」を思い描くときに、胸にかすかな痛みを走らせるはずなのだ。

彼らは被災者ではないのになにを大げさな、とあきれられるだろうか。いや、震災をダシにするな、となじられるほうがリアルだろうか。私だって、自分が拙速で浅薄なことをしているという思いは持っている。これが物語の序盤や中盤で起きたことだったら、少なくともこんなにあからさまな形で震災を物語にねじ込んだりはしなかっただろう。

けれど、「ハレルヤ！」はもうじき終わってしまうから。すでにキョーコとチャワンとカンは、物語のステージから降りて、現実の雑踏に紛れてしまった。アカネとハクブンも、これから描く小さな挿話を最後にステージを降りる。時代遅れのホラー映画の演出でいうなら、二人の背中が二〇〇九年五月の雑踏に消えていく前に、彼らショットガン・ホーンズの五人が生きることになる二〇一一年三月の風景を、少しだけスケッチしておく。

私はもう、再び顔を出すつもりはない。「ハレルヤ！」という二〇〇九年五月の物語に、二〇一一年三月のヒビを入れた。それで私の役目は終わった。

あとはアカネとハクブンにまかせる。

最終章は、アカネの電話を受けたハクブンがマンションの部屋を出るところから始まる。

2

二〇〇九年五月十三日の朝――。

マンションのドアを開けると、ハクブンはまず一つ深呼吸をした。時刻は七時を回ったばかりだが、空の色はもう充分に青い。朝の空気はみずみずしく、かすかな青臭さも交じっている。季節が春から初夏に切り替わる境目の一日があるとすれば、今年は、けさだったのだろう。

エレベーターホールに向かって歩きだす。足取りは軽い。出かける前に手早くシャワーを浴びたおかげで、頬に触れる朝の空気が肌に心地よい。

ただし、胸の奥に、ほんのわずかな苦みがある。

明け方に少し眠ったとき、夢を見たのだ。

長かった昨日に再会した懐かしい仲間たちが、夢の中でもみんな登場していた。

ただし、それは、かつてあった出来事を振り返る夢ではなかった。奇妙で、唐突で、よく考えてみればひどく不吉な夢だった。

最初に登場したのは、キョーコだった。部屋の床にぺたんと座り込み、双子の子どもを両手で抱き寄せて、テレビを食い入るように見つめている。昨日アカネと訪ねたあのリビングルームだ。せっかくみんなで大掃除をしたのに、部屋はまた乱雑になっている。よく見ると、本が何冊か床に散らばっている。本棚から落ちたのだろうか。さらによく見ると、子どもたちは昨日会ったときよりも少し大きくなっていた。未来の光景なのだろうか。キョーコ自身はそれほど変わっているようには見えないのだが。

テレビの後ろ側からキョーコたちの様子を眺めているので、テレビがなにを映し出しているのかは、よくわからない。ただ、それを凝視するキョーコの表情は険しかった。子どもたちはきょとんとした顔で、しかし目はテレビの画面に据えられたまま動かない。

なにを見ているのだろう。テレビの前に回り込むことができた。画面には街が洪水に呑《の》み込まれる光景が——違う、水の流れは逆だ、街が海に呑み込まれる光景が映し出されていた。

津波なのだろうか。

キョーコの口が小さく動く。が、ん、ば、ろ、う、の形に動いたように見えた。子どもたちをさらにしっかりと抱き寄せて、最後は二人まとめて胸に抱き締める格好になって、そのまま闇《やみ》に溶けるように消えてしまった。

次に、カンの夢を見た。瓦礫《がれき》の街を歩いている。遠くに水平線が見える。海辺の街だ。漁船が街の真ん中で横倒しになっている。いったいなにがあったのだろう。街は瓦礫に埋めつくされているが、建物はほとんどない。もともとそうだったのか、それとも、さっきの津波が、建ち並ぶ家々を根こそぎさらっていったのだろうか。

カンは登山をするようないでたちで、肩からデジタルカメラを提げて、ときどき立ち止まって写真を撮ったり、メモ帳になにか書きつけたりしている。管理職から取材の第一線に戻ったのだろうか。それとも新聞社を辞めてフリーの記者になったのだろうか。会社に辞表を叩《たた》きつけているほうがあいつらしいよな、と思う。

夢の場面が変わる。コンビニの店内だった。レジの前の行列にチャワンが並んでいた。手にミネラルウォーターのペットボトルを一本だけ、大事そうに持っている。チャワンより前に並んだひとたちは、みんなカゴからあふれそうなほどペットボトルの水を買い込んでいる。チャワンが持っているのが最後の一本のようだ。水不足？　いや、商品の棚が空っぽになったコーナーがある。カップ麺《めん》を置いてあるあたりだろうか。

チャワンのすぐ後ろに並んでいるのは、幼い男の子の手を引いて、赤ちゃんをおぶったお母さんだった。お母さんが提げたカゴには炭酸水のペットボトルが一本だけ――ふつうの水が売り切れだったので、炭酸水を買うしかなかったのだろう。

それに気づいたチャワンは、退屈していた男の子としばらくにらめっこをして遊んでやってから、お母さんのカゴに自分の水を入れた。じゃあね、と男の子に手を振って、恐縮するお母さんににっこりと微笑《ほほえ》んで、行列から離れて店を出た。

チャワンの仕事はわからない。私生活もわからない。ただ、手ぶらでコンビニを出て歩きだす笑顔は、昨日見たときよりもずっとすっきりしていて、それがなによりもうれしかった。

＊

なぜだろう。なぜ、そんな夢を見たのだろう。津波や瓦礫の街や商品の消えたコンビニの棚は、いったいどこから出てきたのだろう。

思い当たる節は一つだけあった。

眠る前に、ヘッドホンで聴いた曲がある。『激しい雨』というキヨシローの晩年のナンバーだ。その中に、こんな歌詞があったのだ。

〈海は街を飲み込んで　ますます荒れ狂ってる／築きあげた文明が　音を立てて崩れてる／お前を忘れられず／世界はこのありさま〉

そして、歌はこうつづく。

〈Ｏｈ　何度でも　夢を見せてやる／Ｏｈ　この世界が　平和だったころの夢／ＲＣサクセションがきこえる／ＲＣサクセションが流れてる〉

キヨシローはなにを予言していたのだろう。そして、その予言はあたるのかどうか

――二〇〇九年五月のハクブンには知るよしもないことだった。

3

ハクブンの夢の話を聞いたアカネは、まいっちゃうね、と肩をすくめた。

「いろいろニッポンは大変になっちゃうみたいだぞ」

ハクブンは冗談のつもりで言ったのだが、アカネは意外と真剣に「予知夢だったりして」と言う。「あんたみたいに現状維持が大好きなひとがそんな夢を見るのって、よっぽどのことなんだと思うもん」

「べつに、俺、現状維持が好きなわけじゃ……」

口をとがらせるハクブンにかまわず、「まあ、キョーコもカンちゃんもチャワンも元気なんだったらいいか」と話を一人でまとめる。

アカネの車の中だ。ハクブンは助手席――この車で『マルオカ』を訪ね、キョーコの家に行き、チャワンが自殺を図ったという連絡を受けて救急病院に向かったのだ。たった一日のことなのに、助手席のシートに座ると、なんだかむしょうに懐かしい。

車は路上に停まっている。高校の通学路だった。登校のピークの時間帯にはまだだいぶ早かったが、部活動の早朝練習があるのだろう、ブレザーの制服姿の生徒たちがときどき車の脇《わき》を通り過ぎていく。その制服のデザインも、ああそうだったなあ、こういう制服だったんだよなあ、と懐かしかった。

淳と優華に出会ったのも、つい昨日のことなのに、あれからもうずいぶん時間が流れたような気がする。昨日と今日は、なにかが、確かに、変わった。いや、変わったものは「昨日まで」と「今日から」なのかもしれない。そうであってほしい、とも思う。

「でも、ほんと、ヘンな夢だったよ」

ハクブンはあらためて首をひねり、「予知夢だったら本気でイヤだぜ」と苦笑した。

「津波に、瓦礫の山に、水一本すら買えなくなるって……」

「『日本沈没』じゃないんだから」とアカネも苦笑して、「ハクブンは出てこなかったの？」と訊いた。

「いたよ」

「どんな場面だったの？」

「歩いてた」

「はあ？」

「夜中に、たぶん青山通りだと思うんだけど、そこをひたすら歩いてるんだよ。俺だけじゃなくて、嘘《うそ》みたいにたくさんのひとがいて、みんな歩いてる」

「車はないの？　電車は？」

「大渋滞だった。細い道にも車がずらーっと並んでて、全然動いてないんだ。だから、電車も……うん、地下鉄の駅があっても誰も降りて行かなかったから、ぜんぶ止まってるんじゃないかな」

　ほんとうに不思議な光景だった。みんな、そぞろ歩きを楽しんでいるわけではなかった。誰もがうつむいて、重い足取りで、黙々と歩いている。街も静かだった。明かりはあるのに、にぎわいがない。夢そのものがとにかく奇妙だったということを差し引いても、あれはなんだったのだろう、と目が覚めたあとも、ざらりとした落ち着かなさが胸に残っていた。あの光景も津波と関係あるのだろうか。

　季節は春だった。平日の夜だったのだろう、みんなスーツの上にスプリングコートを羽織っていた。

「ハクブンも？」

「ああ……俺も同じだった。歩きながら、だんだん暑くなってきたのかな、ネクタイをはずしたのを覚えてるんだ」

答えた直後、アカネが「やったじゃない！」と声をはずませた。

最初はきょとんとするだけだったハクブンも、アカネの笑顔を見て、ああそうか、と頬をゆるめた。もしもあの夢がほんとうに予知夢なら、どうやらハクブンはどこかの会社に再就職できたらしいのだ。

もちろん、そんなものを本気にするほど幼くはない。

それでも、苦笑交じりに信じるものができたことが、うれしい。「希望」と呼んでもいいのかな、と思う。

「ねえ、わたしは？　キョーコが出てきたんだったら、わたしが出てこないわけないよね？」

「荷造りしてたよ」

「引っ越し？」

「そうじゃなくて、体育館みたいな場所で、みんなで段ボール箱に荷物を詰めてるんだ。服もあったし、あとミネラルウォーターとか、カップラーメンとか、運動靴もあったな」

梱包《こんぽう》を終えた段ボール箱が床にうずたかく積み上げられていた。それを別のグループのひとたちが流れ作業で外に運び出しているのだ。

「阪神・淡路大震災のときに、全国から救援物資を送っただろ。そんな感じだったんだ」

「それって……なにか大きな災害があったってことだよね」

「夢で見たっていうだけだよ」

「でも、ちょっと怖いね、ほんとに」

「夢だから」

「夢でも、怖いよ」

アカネはため息をついて、「でも、まあ――」と気を取り直してつづけた。

「絶対に夢で終わる、当たらない、むしろ逆夢で、みんなハッピー……っていう前提で言うけど、夢の中のわたしが荷造りしてたっていうの、ちょっとうれしい」

当たらないでよ、絶対に当たっちゃだめだからね、と心の中で繰り返し祈りながら、さらにつづける。

「ボランティアとか義捐金とか、支援物資を送るとか、未来の自分が誰かのためになにかをしてるんだったら、いいな」

「アカネはそういうタイプだよ」

「うわ、ナンパされてるの？」

「……なに言ってんだ」

ハクブンは大げさに顔をしかめ、アカネは派手に声をあげて笑う。

その瞬間、わかった。

ああ、いま、レコードが裏返ったんだな——。

両親を看取《みと》り、一人息子も大学生になって、アカネの人生はレコードのＡ面を終えた。そしていま、一泊二日の弾丸ツアーのエンディングとともに、レコードが裏返る。まだ曲は聞こえない。ターンテーブルも回らない。それでも、もうすぐ、Ｂ面が始まる。

「わたし、もしかしたら、いま初めて、おばあちゃんになる日が楽しみになったかもしれない」

孫を抱っこするという意味ではなく、おばあちゃんになるのも、悪くない。

ハクブンは苦笑して「俺はもうちょっと、おっさんのままでいいかな」と言った。

「わたしだって、まだおばさんを味わい尽くしてないんだから」

「希望、出てきたか？」

「——え？」

「俺、リストラされてから、生きる希望ってなんだろうって考えるようになったんだ」

　昨日までは、見つからなかった。

「希望がなくなったわけじゃないんだ。あることはあるんだ。ただ、それがどこにあるのかがわからなくて……」

「さっきのトランペットみたいに？」

　まさに、そう——。

「見つかったの？」

「なんとなく」

「教えてよ」

「でも、若い頃の俺に教えたら、マジかよ、なに考えてんだよ、って言われそうな気がするけどさ」

「いいから、教えてよ」

「うん……」

　若い頃の「希望」と、人生の後半戦——B面に入りつつあるいまの「希望」とは、やはり違う。
歳《とし》をとって、それなりにいろいろなことを知った。ぜひとも知らなければならないことも、できれば知らずにすませたかったことも。だから、もう、未来に無限の可能性を託すことはない。あきらめなければ夢はいつか必ず叶《かな》う、などとは――それこそ夢にも思わない。

胸を張って高らかに「希望」を謳《うた》いあげるのはひどく気恥ずかしく、また白々しい。かといって「希望」なしに生きていくには、人生の後半戦はまだまだ長すぎる。

「苦笑いかなあ……」

ハクブンは言った。「とりあえず笑っていられるといいよな」

「どういうこと？」と訊くアカネにかまわず、「あとは、ため息か」とつづけ、言葉どおり苦笑交じりのため息をついた。

人生のB面の「希望」は、きっと苦笑いとため息とともに語られる。それは寂しい話かもしれないが、その寂しさもまるごと含めて、後半戦を生きていくということなのだろう。

それに、試してみるとわかることだが、苦笑交じりのため息をついたあとの表情は、よけいな力が抜けて、意外と悪くない。お見合い写真には不向きでも、遺影に使えば、なんとなく、満面の笑みよりもむしろこっちのほうが「幸せな人生だったんだなあ」と参列者に思わせてくれるかもしれない。

「よくわかんないけど、まあいいや」

アカネは、それこそ苦笑交じりのため息をついて、「それより——」とつづけた。

「そろそろ見せてよ、懐かしのトランペット」

ハクブンは膝《ひざ》の上に置いたケースの留め金をはずす。

ケースごと段ボール箱にしまい込んだきり、二十年以上の歳月が流れていた。

ケースの金属製の取っ手はサビで赤茶色になってしまった。銀の繊維を織り込んだ保護袋に入れておいたトランペット本体も、覚悟していた以上にひどいありさまになっていた。サビだけでなく、指の脂《あぶら》をきちんと拭《ふ》き取らなかったせいで、カビのような汚れもついている。なによりピストンもスライドも動かないのだから、これはもはや楽器ではない。「古くなったトランペット」というより「かつてトランペットだったガラクタ」と考えるべきなのだろう。

やれやれ、とアカネはあきれ顔でため息をついた。

「ふつうは処分するよね、もっと前に」

アカネ自身もそうだったし、キョーコやカンも——本人に確かめたわけではなくても、たぶんとっくの昔に処分したんだろうな、というのはハクブンも認める。

「でもさ、チャワンはまだ持ってるんじゃないかな」

ハクブンが言うと、アカネは、それくらい最初からわかってるわよ、というふうにうなずいて、「でも」と返した。「あの子なら年に一度はケースから出して、メンテナンスしてる」

「なるほどな……」

確かにそれも、認めざるをえないことだった。

「どっちにしても、放ったらかしにしてダメにしちゃうぐらいだったら、さっさと見切りをつけて処分しちゃったほうがましだったんじゃない？」

わかるよ、とハクブンはため息交じりにうなずいた。処分もできず、かといって、ときどき吹いてみることもなく、押し入れにしまい込んだきりの現状維持は、やはりゆっくりとしたマイナスにしかならないのだろう。

「でも……」

アカネの口調が変わる。「偉いよ、ハクブン。捨てずに持っていてくれて、偉いし、うれしいし、ありがたい」

ただし、すぐにまた、「ま、わたしにはべつに関係ないんだけどね」と拗《す》ねたように付け加える。

ハクブンもそっけなく「関係ない奴《やつ》に褒められてもうれしくないって」と返す。わかっている。さっきからアカネはわざと意地悪な言い方をして、古いトランペットがあったことをすごく喜んでくれている。

人生のB面の「希望」は、若い頃のように素直には出てこない。ずいぶんひねくれて、毒舌や皮肉やブラックジョークをまとって出てくるものなのだ――キヨシローは、まだ人生のA面の頃から、それがとびきり上手《うま》かったっけ。

「――あ、来たよ」

アカネが声をはずませた。「あの子たちだよね？　ね？　淳くんと優華ちゃん」

登校する生徒たちの中に、二人がいた。一緒に歩いている。横に並んでいるのに、なぜか優華が先に立ってずんずん進み、淳が付き従っているように見える。

アカネは軽くクラクションを鳴らし、窓を開けて手を振った。「見えないかな」とつぶやいて、ドアを開け、車から降りて、おーい、ヤッホー、と両手を頭上で振る。ついでにその場でジャンプまでした。

すると、優華が気づいた。最初はきょとんとしていたが、昨日のことを思いだしたのだろう、たちまち笑顔になって――しかも、昔から知っている友だちと再会したような懐かしさまで込めて、手を振り返した。

なるほどなあ、とハクブンは感心したようにうなずいた。アカネと優華はよく似ている。もしも二人が高校の同級生だったら、きっと気の合う友だちになっていただろう。

もしかしたら、優華がショットガン・ホーンズの六人目のメンバーになるかもしれない。

だったら俺は、淳を七人目に誘い込むかな——。

最初に覚えさせるレパートリーは、もちろん、『ビタースウィート・サンバ』に決まっている。

4

フェンスの向こう側——体育館の裏庭に立つ優華は、ハクブンの古いトランペットを興味深そうに覗《のぞ》き込んでいる。

淳は優華の隣で、なぜ自分がここにいるのかまだよくわかっていない様子で突っ立っている。

そんな淳に、ハクブンは手に持ったトランペットを掲げ、バトントワリングのようにクルッと回して見せた。

そういう小技は、一度コツを覚えたら忘れないものなのか、自分でもちょっと驚くほどきれいに回った。

淳の表情にも、やっと興味らしきものが湧《わ》いてきた。

「きみだって、すぐにできるようになるからね」

アカネは淳が持っているトランペットに顎《あご》をしゃくって、「見た目のカッコよさから入るのって、意外と大事なんだから」と笑った。

淳は、かすかに、はにかんだように微笑んだ。

あいかわらず言葉は出てこない。

だが、昨日ハクブンと初めて会ったときに比べると、少し落ち着いている。話せないのを受け容《い》れている――逆に、ハクブンが返事を期待せずに話しているから、なのかもしれない。

最初のうちはもどかしそうに淳の横顔を見ていた優華も、たぶんアカネが何度かなだめるように目配せしたせいだろう、いまは、まあいいか、という様子だった。

「やってみろよ」

こうだぞ、こう、とハクブンは自分のトランペットを回した。

「やってごらん」

アカネも言う。「難しそうに見えるけど、このおじさん、ほんとはすごく不器用なんだから」と、よけいな一言まで付け足して。

「やってみなよ」

優華も言った。「なんでもいいから、なにかをやってみて、なにかを始めてみることから、ぜんぶが始まるんだよ」——この女子高生は、ほんとうに、昔のアカネによく似ている。

淳はうなずいて、トランペットを持った手首をこねるように回した。だめだった。まるでリレーの走者がバトンを受け取るときの格好のように腕が後ろに行って肘《ひじ》が裏返ってしまい、そこで動きは止まってしまう。

「違う違う、ペットそのものも回さなきゃダメなんだ。一瞬浮かせるようにして、こうだ、こう」

今度はトランペットの回転を増やした。さっきは「クルッ」だったが、いまは「クルクルッ」。二回転になると、バトントワリングよりも、むしろ皿回しをイメージしたほうがいい。あるいは、子どもたちが勉強中にしょっちゅうやっているシャーペン回しを応用すればいいのだろうか。

トランペットの回転する速度を速めたりゆるめたりしながら、何度かお手本を示した。

　自分でも驚くほどスムーズに回る。二十年以上のブランクがあっても、記憶というより、体が覚えている。自転車の乗り方や泳ぎ方は、一度マスターすると生涯忘れないものだという。それと同じなのだろうか。

　淳の回し方も少しずつ上手くなってきた。まだ一回転はできない。けれど、あと少しでなんとかなりそうなところまで来た。成功の予感がしだいに高まっているし、なにより表情が豊かになってきた。優華に「惜しい！」「あとちょっと！」と声をかけられると、照れたり、ムッとしたり、少しだけ頬をゆるめたりする。うまくいかないと、がっかりする。もう一度挑戦するときには、今度こそ、という顔になる。

　それを見ているうちに、アカネの頭の中に音楽が聞こえてきた。『お前をはなさない』――オーティス・レディングの名曲で、映画『ブルース・ブラザース』では、ショッピングモールでのカーチェイスの場面で使われた。体は自然とスイングを始めた。足がステップを踏みはじめ、そこに手拍子も加わる。

　それに気づいた優華は、うわっ、と顔をほころばせ、アカネに合わせて見よう見まねで踊りはじめる。

　アカネもサムズアップで歓迎して、さらに派手にステップを踏む。ハクブンも淳もきょとんとした顔をしていたが、かまわず、優華とウインクを交わして踊りつづける。ターンテーブルに載せたレコードが回りはじめた。プレイヤーのアームがゆっくりと動いて、レコードの一番外側の溝に針が下りていく。

アカネの人生のB面が、いま、始まった。

結局、始業五分前の予鈴が鳴るまで、淳のパフォーマンスは成功しなかった。現実は、やはり、そう簡単にはいかないのだ。

それでも淳は満足そうだった。ハクブンが「あとちょっとだから、明日かあさってにはできるようになるさ」と言うと、「はい」と声に出して応える。その顔には、楽しい時間を過ごした心地よさと、手ごたえを感じた自信が、確かに浮かんでいた。

「がんばれよ」

「はい……」

横から優華に「また来てくれるんですよね？　今度はトランペットの吹き方、教えてあげてください」と言われ、とりあえず笑ってうなずいたハクブンだったが、ここに通い詰めるのはちょっと違うよな、とも思っていた。

実際、もうじきそんな暇はなくなってしまう。あと二時間もすればジャケットのポケットの中で携帯電話の着信ランプが灯《とも》り、失業中のハクブンの未来にも明かりが灯ることになるのだが——それはまた、別のお話。

「ねえ、あなたたち、そろそろ教室に戻らなきゃまずいでしょ」

アカネはそう言って、「最後に、おじさんにショットガンを見せてもらおうね」と、ハクブンに流し目を送った。

やれやれ、とハクブンはうなずく。

ため息交じりの苦笑いとともに、肩慣らしでトランペットを宙空に放って受け止めるのを何度か繰り返した。

もう一度トランペットを始めてみるか。ふと思い、いや、違うよな、そうじゃないんだよな、と打ち消した。

たとえば、ここからショットガン・ホーンズの付き合いが再び始まり、再結成のライブが実現したりすれば、それはそれで、話はきれいにまとまる。昨日からのドタバタのゴールが見える。

それでも——だからこそ、だろうか、ハクブンは心の中で首を横に振る。

同じように、心の中で、メンバーにも確かめる。

チャワンは「うん、いいと思う」と、少し寂しさをにじませながらも、こっくりとうなずいた。

キョーコは子どもたちを両手で抱っこした格好で、「だよ」と口をとがらせて短く返す。わかりきったことを訊かないでよ、こっちも忙しいんだから、ということなのだろうか。

カンは、へっ、と鼻で笑う。あきれられた。そもそもライブなんていう発想が浮かぶことじたい、「おまえって……ほんとにさあ……」なのだろう。

そして目の前の、幻ではないアカネは、「ほら、早くやってよ。もったいつけて失敗するとカッコ悪いでしょ」と、やはり、どこまでもせっかちな性格なのだ。

よし。踏ん切りがついた。

ハクブンは、最後にもう一度だけ肩慣らしをした。

宙空に放ったトランペットを受け止めてから――。

クルクルッと回して――。

スチャッと小脇に抱え――。

ベルをショットガンの銃口に見立てて――。

腰だめの姿勢で身がまえる。

決まった。

アカネが口笛とともに拍手してくれた。

だいじょうぶだな、俺はまだやっていけそうだな。いま、心から、そう思えた。

「ホーンやトランペットっていうのは、息を音に変える楽器で、その音を弾丸《たま》にすることだってできるんだよ」

アカネの言葉に淳は黙ってうなずいた。無言のままでも、確かにメッセージを受け取ったという手ごたえのあるしぐさだった。

「なにを撃つ？」とアカネが言った。

ほぼ同時にハクブンも「どんな弾丸を込める？」と言った。

そして二人は目を見交わして、プッと笑い合った。

「おじさんとおばさんは？」

優華が訊いた。「おじさんも、おばさんも、どんな弾丸を込めて、なにを撃ってるんですか？」

二人はなにも答えない。

ハクブンは小脇に抱えたトランペット型のショットガンを空に向けた。錆《さ》びたベルも、朝陽を受けると、キラキラと光り輝く。

アカネも同じように、幻のアルトサックスを幻のショットガンにして、幻の銃口を青空に向ける。

ハレルヤ――！

キヨシローが空の上でシャウトする。

ハレルヤ――！

幻のショットガンの幻の銃声と同時に、幻の銃口から飛び出した幻の紙吹雪と幻の万国旗が、ほんものの涙の中で、にじみながら揺れた。

"Hallelujah!" Staff

author	KIYOSHI SHIGEMATSU
editor in chief	HIROKAZU MIE
editor	KYOKO MAITA
adviser	YUICHI "PRINCE" TAKEUCHI
publicist	MAI SATO
sales staff	YOSHIFUMI KAWAI
designer	YUKO OHTAKI
illustrator	YOSHIHIRO ISHIYAMA
gallery	UK EGI
drink,drink,drunk,drink	TATSUYA KIMURA
lovely handclapping	YARAICHO CANDIES (ASAMI, AYU & YUMIKO)
special thanks	AKIHITO HIURA & AKAE NAKAMURA

Absolutely send the biggest thanks for your reading.

本書は、日本出版販売「新刊展望」に二〇〇九年七月号から二〇一一年六月号まで連載された「ハレルヤ!」に加筆修正をした、文庫オリジナル作品です。

重松 清著

舞姫通信

教えてほしいんです。私たちは、生きてなくちゃいけないんですか？ 僕はその問いに答えられなかった――。教師と生徒と死の物語。

重松 清著

見張り塔からずっと

3組の夫婦、3つの苦悩の果てに光は射すのか？ 現代という街で、道に迷った私たち。新・山本周五郎賞受賞作家の家族小説集。

重松 清著

ナイフ

坪田譲治文学賞受賞

ある日突然、クラスメイト全員が敵になる。私たちは、そんな世界に生を受けた――。五つの家族は、いじめとのたたかいを開始する。

重松 清著

日曜日の夕刊

日常のささやかな出来事を通して蘇る、忘れかけていた大切な感情。家族、恋人、友人――、ある町の12の風景を描いた、珠玉の短編集。

重松 清著

ビタミンF

直木賞受賞

もう一度、がんばってみるか――。人生の〝中途半端〟な時期に差し掛かった人たちへ贈るエール。心に効くビタミンです。

重松 清著

エイジ

山本周五郎賞受賞

14歳、中学生――ぼくは「少年A」とどこまで「同じ」で「違う」んだろう。揺れる思いを抱き成長する少年エイジのリアルな日常。

重松清著

きよしこ

伝わるよ、きっと——。少年はしゃべることが苦手で、悔しかった。大切なことを言えなかったすべての人に捧げる珠玉の少年小説。

重松清著

小さき者へ

お父さんにも14歳だった頃はある——心を閉ざした息子に語りかける表題作他、傷つきながら家族のためにもがく父親を描く全六篇。

重松清著

卒業

大切な人を失う悲しみ、生きることの過酷さ。それでも僕らは立ち止まらない。それぞれの「卒業」を経験する、四つの家族の物語。

重松清著

くちぶえ番長

くちぶえを吹くと涙が止まる。大好きな番長はそう教えてくれたんだ——。懐かしい子ども時代が蘇る、さわやかでほろ苦い友情物語。

重松清著

熱球

二十年前、もしも僕らが甲子園出場を果たせていたなら——。失われた青春と、残り半分の人生への希望を描く、大人たちへの応援歌。

重松清著

きみの友だち

僕らはいつも探してる、「友だち」のほんとうの意味——。優等生にひねた奴、弱虫や八方美人。それぞれの物語が織りなす連作長編。

重松清著

星に願いを

—さつき断景—

阪神大震災、オウム事件、少年犯罪……不安だらけのあの頃、それでも大切なものは見失わなかった。世紀末を生きた三人を描く長編。

重松清著

あの歌がきこえる

友だちとの時間、実らなかった恋、故郷との別れ——いつでも俺たちの心には、あのメロディーが響いてた。名曲たちが彩る青春小説。

重松清著

みんなのなやみ

二股はなぜいけない？ がんばることに意味はある？ シゲマツさんも一緒に困って真剣に答えた、おとなも必読の新しい人生相談。

重松清著

青い鳥

非常勤の村内先生はうまく話せない。でも先生には、授業よりも大事な仕事がある——孤独な心に寄り添い、小さな希望をくれる物語。

重松清著

せんせい。

大人になったからこそわかる、あのとき先生が教えてくれたこと——。時を経て心を通わせる教師と教え子の、ほろ苦い六つの物語。

重松清著

卒業ホームラン

—自選短編集・男子編—

努力家なのにいつも補欠の智。監督でもある父は息子を卒業試合に出すべきか迷う。著者自身が選ぶ、少年を描いた六つの傑作短編。

重松清著

まゆみのマーチ
—自選短編集・女子編—

ある出来事をきっかけに登校できなくなったまゆみ。そのとき母は——。著者自らが選ぶ、少女の心を繊細に切り取る六つの傑作短編。

重松清著

ロング・ロング・アゴー

いつか、もう一度会えるよね——初恋の相手、忘れられない幼なじみ、子どもの頃の自分。再会という小さな奇跡を描く六つの物語。

重松清著

星のかけら

六年生のユウキは不思議なお守り「星のかけら」を探しにいった夜、ある女の子に出会う。命について考え、成長していく少年の物語。

重松清著

ポニーテール

親の再婚で姉妹になった四年生のフミと六年生のマキ。そして二人を見守る父と母。家族のはじまりの日々を見つめる優しい物語。

重松清著

なきむし姫

二児の母なのに頼りないアヤ。夫の単身赴任をきっかけに、子育てに一人で立ち向かうことになるが——。涙と笑いのホームコメディ。

重松清著

娘に語るお父さんの歴史

「お父さんの子どもの頃ってどんな時代？」——娘の問いを機に、父は自分の「歴史」を振り返る。親から子へ、希望のバトンをつなぐ物語。

ハレルヤ！

新潮文庫　し－43－30

令和三年七月一日発行

著者　重《しげ》松《まつ》清《きよし》

発行者　佐藤隆信

発行所　株式会社 新潮社

郵便番号　一六二—八七一一
東京都新宿区矢来町七一
電話　編集部(〇三)三二六六—五四四〇
読者係(〇三)三二六六—五一一一
https://www.shinchosha.co.jp

価格はカバーに表示してあります。

乱丁・落丁本は、ご面倒ですが小社読者係宛ご送付ください。送料小社負担にてお取替えいたします。

印刷・錦明印刷株式会社　製本・錦明印刷株式会社

ISBN978-4-10-134940-4 C0193